塞普尔维达作品系列

世界尽头的世界

〔智利〕路易斯·塞普尔维达 著

施杰 张力 译

人民文学出版社

著作权合同登记号：图字 01-2017-0803

Mundo del fin del mundo
© Luis Sepúlveda，1989
Diario de un killer sentimental seguido de yacaré
© Luis Sepúlveda，1996
Hot Line
© Luis Sepúlveda，2001
by arrangement with Literarische Agentur Mertin Inh. Nicole Witt e.K.，
Frankfurt，Germany
All rights reserved.

图书在版编目(CIP)数据

世界尽头的世界/(智)路易斯·塞普尔维达著；
施杰，张力译.—北京：人民文学出版社，2017
（塞普尔维达作品系列）
ISBN 978-7-02-012712-2

Ⅰ.①世… Ⅱ.①路… ②施… ③张… Ⅲ.①中篇小说-小说集-智利-现代 Ⅳ.①I784.45

中国版本图书馆 CIP 数据核字(2017)第 085881 号

责任编辑　甘　慧　潘丽萍
丛书设计　汪佳诗

出版发行　人民文学出版社
社　　址　北京市朝内大街 166 号
邮政编码　100705
网　　址　http://www.rw-cn.com
印　　刷　山东德州新华印务有限责任公司
经　　销　全国新华书店等
字　　数　149 千字
开　　本　850 毫米×1168 毫米　1/32
印　　张　9.5
插　　页　2
版　　次　2017 年 7 月北京第 1 版
印　　次　2017 年 7 月第 1 次印刷
书　　号　978-7-02-012712-2
定　　价　42.00 元

如有印装质量问题，请与本社图书销售中心调换。电话：010-65233595

目 录

- 001 **世界尽头的世界**
- 003 第一部分
- 030 第二部分
- 056 第三部分
- 101 尾　声

- 105 **忧郁杀手的日记**
- 107 糟糕的一天
- 116 一位讲忠贞的杀手
- 126 相遇伊斯坦布尔
- 136 天使终结者现身
- 144 一位退休杀手
- 153 死亡与玛利亚奇乐队

- 163 **热线电话**
- 165 以此为序
- 170 一
- 173 二
- 180 三

193	四
203	五
207	六
212	七
224	八
228	九
239	十
245	**南美宽吻鳄**
247	一次漫长的告别
255	一个带枪的瞎子
264	觅食的老虎
274	携手合作
283	孤独的猎手
291	悲伤，孤独，终结

世界尽头的世界

施杰 译

致我为巴塔哥尼亚与火地岛的生态保护不遗余力的智利与阿根廷友人

感谢他们的热情与慷慨

致绿色和平组织[①]旗舰，新一代"彩虹勇士"的所有船员

致世界尽头的世界之声，科伊艾克冰雪区广播电台

[①] 国际非政府组织，简称"绿色和平"，宣称使命为：保护地球、环境及各种生物的安全及持续性发展，并以行动作出积极改变。

第一部分

1

"叫我以实玛利……叫我以实玛利……"[①] 我不断重复着。我在汉堡机场等候，只觉得有种奇怪的力量灌进了那张薄薄的机票，离起飞时间越近，它显得越沉重。

我已过了第一道安检，正拎着手提包在候机厅闲逛。我没带太多东西：相机、笔记簿、布鲁斯·查特文[②]的《巴塔哥尼亚高原上》。对那些爱在书上写写画画的人我总觉得矫情，可这本书上满是我的下划线与惊叹号，三遍读罢，记号如雨后春笋。而在飞往智利圣地亚哥的航途中，我欲再将它读上一遍。

[①] 美国作家赫尔曼·梅尔维尔（1819—1891）代表作《白鲸》的首句。
[②] 布鲁斯·查特文（1940—1989），英国旅行作家。

我总想回到智利，始终抱着这样的愿望，但临到决定时又被恐惧喝退，与亲友重聚的夙愿反倒成了我愈加不敢相信的誓言。

无目的地漂荡了太久，不时有停步的念头，在克里特岛耶拉派特拉的某个渔村或是阿斯图里亚斯的宁静小城比利亚维西奥萨歇下，但某日偶得的这部查特文的作品让我回到了那个我自以为忘却、但一直在守候着我的世界：世界尽头的世界。

初读这本书的我归心似箭，但巴塔哥尼亚绝不是个说去便去的地方。当记忆如浮标摆晃在流年之海，距离向我展现了它真正的浩瀚。

汉堡机场。旅客们进出免税店，攻占酒吧，焦急看表，只怕那数十个电子计时器同时出故障。出口开放的时刻近在眼前，验过登机牌，我们就将被大巴送至停机坪。历经二十四年的缺席，我终将回到那世界尽头的世界。

2

那时我还年轻，几乎就是个孩子，梦想着冒险能带我远离烦闷，甩掉无趣，为我今后的生活定下基调。

在这方面我并不孤单。我有个舅舅，对，粗体写的，佩佩舅舅，与其说承袭了姥爷安达卢西亚人的悲观，不如说遗传了姥姥巴斯克人的桀骜。我的佩佩舅舅在西班牙内战时曾是国际纵队①的一员；所有财富中他只为一张与欧内斯特·海明威的合影而骄傲；他不住地教导我，必须发现道路，迈开腿行走。

不用说，佩佩舅舅是家中的异类。随着我慢慢长大，我们之间的交流也渐渐转至地下。

我的头几本书是从他那儿得来的，我也有幸接触到那些永世难忘的名字：儒勒·凡尔纳、埃米利奥·萨尔加里②、杰克·伦敦。他还将那本标记我人生轨道的小说交予了我：赫尔曼·梅尔维尔的《白鲸》。

读到它时我十四岁。到十六岁时，我再也无法抵御来自南方的召唤。

十二月中旬到三月中旬是智利的暑假。我从书上得知有

---

① 指1936年至1939年西班牙内战期间，许多国家的工人、农民等为支援西班牙人民反对佛朗哥反动军队和德、意法西斯武装干涉所组成的志愿军。
② 埃米利奥·萨尔加里（1862—1911），意大利小说家，以冒险小说闻名。

好多小型捕鲸船队在南极边界停泊，便产生了结识他们的想法，他们是我心目中埃哈伯船长①的继承人。

多亏佩佩舅舅的驰援，我才说服了父母，此外他还赞助了我前往蒙特港②的车票。

初会世界尽头的世界前的千余公里，我是乘火车度过的。面朝大海，铁路在蒙特港戛然而止。而后，国土将散落为千百块岛屿、礁石、水道、海峡，直至南极近前，而在大陆部分，棋布着诸多山脉、雪区、无从进入的森林、永不融化的寒冰、湖泊、峡湾、变幻莫测的河流，不容铁道与公路通行。

在蒙特港，经我恩人舅舅的安排，我被一艘连接此地、巴塔哥尼亚最南端的蓬塔阿雷纳斯以及火地岛最南端的乌斯怀亚的运送货物和旅客的班船所接纳，成为船员。

"南方之星"的船长名叫米罗斯拉夫·布兰多维奇，是南斯拉夫移民的后裔，在去西班牙的旅途中与我舅舅相识，后来又一起参加过法国抵抗军③。他让我担任厨房伙计，于是船

---

① 《白鲸》中的主人公。
② 智利中南部港市。
③ 这里指1942年末至1943年初在法国中央高原和丛林地带出现的、主要由逃避强迫劳动的青年工人和学生组成的反法西斯武装力量"马基"游击队。

刚启航我便得到了一柄锋利的厨刀以及为一麻袋土豆削皮的指令。

航程为一周。蓬塔阿雷纳斯距此近一千海里,船在奇洛埃岛的若干小港经停数次,装载了土豆、洋葱、大蒜和几大包加厚的纯羊毛斗篷,犁过科尔科瓦多湾的熙攘水域,终抵莫拉莱达海峡北口。我们顺艾森大峡湾前行,这也是通往查卡布科港之宁谧的唯一路途。

在那峰峦环抱之地傍靠了几小时,刚够避过满潮期,我们完成装货(几乎总是肉类)任务,再次回到远海。

船指西北来到峡湾出口、莫拉莱达海峡,而后一路向北,远离圣拉斐尔①的冰冷湖面、漂浮的积雪区、被冰之触手攫住的那些不幸船舶——上头往往载满了船员。

向北又行进了数海里,"南方之星"转头往西,穿过瓜伊特卡群岛,抵达远海,随后直直向南驶去。

我削了准有几十吨的土豆。我五点起来去给面包师打下手,摆上餐具,然后削土豆。我刷碗刷锅刷厕所,然后削土豆。我给牛排去筋,然后削土豆。我剁碎做馅饼用的洋葱,

---

① 位于智利太平洋南岸的湖泊,有圣华伦泰冰川落入湖中。

然后继续削土豆。而到了休息时间，水手们都借此机会两腿一伸眯上一会儿，我却刻苦学习着船上生活的点滴，不愿将之虚度。

出海第六天，我两手已生满茧子，并为此深感自豪。那日，忙完早饭，布兰多维奇船长把我喊去了舰桥。

"见习的，你说你几岁来着？"

"十六。唔，就快十七了，船长。"

"嗯，见习的，那你知道船左边发着光的是什么玩意儿吗？"

"灯塔，船长。"

"那可不是普通的灯塔，它叫帕切科灯塔，前方就是伊万赫利斯塔群礁，我们马上要驶进麦哲伦海峡了。见习的，你以后可以跟你孙子吹了。左舵十五，前进二！"布兰多维奇船长喝道，暂时忘记了我的存在。

我时年十六，自感幸运。我重新下到厨房准备削土豆，却惊喜地发现，大厨改了菜单，也因此不再需要我了。

于是我把一整天都耗在了甲板上。虽值仲夏，太平洋的风仍冰冷刺骨。裹着奇洛埃斗篷的我望着一座座岛屿从身前掠过，船指东南东。

我再熟悉不过了，这些预表着"冒险"的名字：孔多尔①岛、帕克岛、德雷克海峡②、米塞里科尔迪亚③港、德索拉西翁④岛、普罗维登西亚⑤岛、阿奥尔卡多⑥巨岩……

到了中午，船长和其他长官要求把饭送到舰桥。他们站着用餐，用只有他们明白的数字语言与机房对话，一刻不歇地盯着海图和仪表。

上咖啡时，船长又一次注意到我。

"见习的，你在甲板上喝啥西北风呢？想得肺炎还是怎么的？"

"我看海峡呢，船长。"

"你就待在这儿吧，这儿看得更清楚。从现在开始就是本次航行最恶心的一段了，见习的。海峡之'狭'就体现在这儿，你等着瞧。我们左手边是科尔多瓦半岛，周围是如鲨鱼齿般的刃岩；右舷的景况也并不见好，德索拉西翁岛的南岸

---

① 意为"秃鹫"。
② 也被称为"魔鬼海峡"。
③ 意为"慈悲"。
④ 意为"悲痛"。
⑤ 意为"天命"。
⑥ 意为"被处绞刑者"。

是死亡的利礁。如果这样还不够,再过几里我们就会遭遇集远海之力自阿布拉海峡袭来的激流。斐迪南·麦哲伦的好运差点在此终结。我说见习的,待这儿可以,但有句话说得好,'嘴巴管得紧,苍蝇飞不进',有什么话等看到乌略亚灯塔再说也不迟。"

"南方之星"微速前进着,晚七时许,我们望见乌略亚灯塔的银色光束在地平线闪烁。麦哲伦海峡变得开阔起来。航速加快了,众人也不那么紧张了。

到十一点,当行船沐浴在弗罗厄德角灯塔温润而热情的光流中,布兰多维奇船长下令转舵向北,而我也被大厨叫去为饥肠辘辘的船员们送餐。

刷完杯盘,我上到甲板。澄空那么低,总想伸手摸摸那些星星。城市之光已近得隐约可见。

蓬塔阿雷纳斯就坐落在不伦瑞克半岛的西岸。麦哲伦海峡的这一段已有二十海里宽。另一侧则是火地岛的起始,而更往南些,来自因乌蒂尔湾的水流在窄峡中汇成了一片直径约七十海里的湖面。

次日,航程告终。待我上完最后的早餐,布兰多维奇船长向我道别,提醒我返程是在六周之后。他用他粗壮的海员之手递给我一个信封，之前我并未指望过这个，其中装着几张纸钞，对一个十六岁的小伙子来说可不是笔小钱。

"太感谢了，船长。"

"谢什么，见习的，大厨说了，他从没见过比你更好的助手。"

我到了蓬塔阿雷纳斯，有一双生满老茧的手，兜里装着用辛勤劳动换来的第一笔钱。我在城里逛了几个钟头，而后寻找起布里托一家——同是我佩佩舅舅的熟人，他们热情招待了我。

布里托夫妇膝下无子，对这块区域了如指掌。夫人叫伊莲娜，在一所机构教授英语，而菲利克斯先生则兼有播音员和海洋生物学研究者的身份。听说我对捕鲸船有兴趣，菲利克斯先生表示我找对人了，当即翻出一堆相片以及他祖父的画作。他的祖父是一位布列塔尼水手，很年轻时便来到火地岛，再也没想离开。

布里托夫妇家的房子也如大多数南方建筑一样是木结构的。宽敞的客厅里辟有壁炉，每到晚上便会生火取暖。如此亲切的环境，人只愿静默而坐，细听海水的吟咏。我就这样面朝火地岛度过了四天，白天坐上路虎，往返于连接蓬塔阿雷纳斯与布尔内斯堡的南方公路，待日薄西山时便回到炉火前，听菲利克斯先生讲鲸和捕鲸人的故事。他挺能说的，故事也都挺精彩，但我并不想听，我要亲身经历这一切。

某一刻，菲利克斯先生注意到了我的心不在焉，我的思想已飞出这舒适之地几千里远，于是他合上相册，对我说道：

"看来你是一心要到捕鲸船上去瞧一瞧了。那我也拦不住你。简而言之，你首先要做的是到海峡另一头的波韦尼尔去。到这个季节，仅剩的几艘捕鲸船也该都在海上了，但我晓得，在努埃沃港还停着一艘我朋友的船，正在修理之中。我那朋友不太好交往，但若他接受了你，小伙子，那你梦寐以求的冒险就有着落了。"

3

翌日清晨，我乘坐一艘载满瓦斯罐的小艇穿越海峡。努埃沃港地处波韦尼尔东南约一百公里，我在公路上伫立，只等哪辆开往圣塞巴斯蒂安（位于火地岛阿根廷边界上的村落）的车能够载我一程。

我挺走运，才等了半小时，便有一辆农业部的吉普停了下来。车上的几位兽医很乐意认识我这个从圣地亚哥不远万里一路溜达过来的年轻人。废料填成的公路沿因乌蒂尔湾北岸蜿蜒，下午三时许，他们在努埃沃港将我放下。

一条通往大海的道路，二十来间小屋分列两旁。我要找的是那艘名为"传福音者"的船，以及它的主人——安东尼奥·加莱科切亚，人称"巴斯克人"。

我在码头上见到几艘小船，但"传福音者"却无迹可寻。我生怕它已出港，便朝一群修理工走去，他们正用麻絮与沥青填塞着船体的缝隙。

"小水手，您说找谁？"

"安东尼奥·加莱科切亚，'传福音者'的船长。有人告诉我他的船在这儿大修。"

"哦，巴斯克人啊，他们去试航了，转一圈就回来。"其中一个答道，继续修理。

我不愿在码头久留，人们戏谑的眼神让我心烦，此外我也饿了，于是我走在两排木屋中间，找寻着某家杂货店。突然，当我经过某扇敞开的大门，一股难以抗拒的炸洋葱香气吸引住了我。我抬头，只见一块木板上写着：火地岛客栈。那股香气最终将我拽了进去，这也是我首次独自走进一家餐馆。

店里没人,桌子齐整地排成两排,顶头的圆台上摆着油灯与塑料花。我在一张桌子前坐下,等着有谁来招呼我。

从后边探出个女人,过来时面容惊恐。

"您要干啥呀,孩子?"

"给上点吃的吧,早餐到现在我还什么都没吃哩。"

"那给您弄个奶酪小面包行吗?"

"没有热乎的吗?厨房那味儿真好闻。我有钱,夫人,不用为这个担心。"

"不是,我们这儿不让接待未成年人,要是被警察看见,我得交一大笔罚款。"

我无奈起身,好些时候,"未成年"就像个诅咒。准是因为我看着挺可怜,没到门口,女人就叫住了我。

"等着,孩子。我拿一小块羊肉过来,再弄点洋葱,弄点土豆。"

她口中的"一小块"原是整整半条烤羊腿,我狼吞虎咽地吃着,心想冒险真好。我想到圣地亚哥的朋友们和他们千篇一律的无聊暑假:在卡塔赫纳或是瓦尔帕莱索的海滩待上一整个月,会有许多傍晚的散步,用掉许多管的防晒霜。我回去后有太多可以告诉他们的了：出来不到两周，我就体验了海员生活，手上长了老茧，穿过了麦哲伦海峡，赚到了第一笔钱，而如今的我正在世界尽头啃着半条烤羊腿。一个洪亮的声音把我从幸福的遐思中拉了回来，说话的是两个警察中的一个。他们岔开双腿走了上来，这是刚下马之人的标志性步伐。

"年轻人，在这儿干吗呢？"级别较高的那个问道。

我赶紧把嘴里的东西咽下去。

"我在等安东尼奥·加莱科切亚。我是从蓬塔阿雷纳斯来的，有个口信要带给他。码头的人告诉我他试航去了，正好我也饿了，就进来吃点……"

"这么说您不是本地人咯，话可真够多的。不会恰好是从家里逃出来的吧？您哪儿的啊？"

"圣地亚哥的。"

我的回答把提问的那个吓了一跳。

"唔。带身份证了吗？"

我带了，身份证是崭新的。我把它和我事先公证过的有父母签字的塑封许可状一起递给了他。只见警察将后者通读了一遍。

在惯例的姓名及地址之后，许可状上写道：我们以持状者合法父母及法定监护人的名义声明，我们同意并授权持证人前往本国南方旅行。本许可状有效期至三月一日……

"还是个旅行家呢。队长，您看怎么着？圣地亚哥来的，还挺有意思。我很高兴知道，如今还有智利人肯出来了解他们的祖国的。这羊肉行不行？"警察友好地问道，同时将证件交还予我。

"超赞。"我正答着，两个男人进到店里，倍儿高，还极壮，就像我们圣地亚哥人说的，'一人要费三人的衣服'。

"还真是说谁谁到。"警察之一跟他们打着招呼。

"巴斯克人，这孩儿说他找你。"

听话者摘下大如煎锅的贝雷帽，上下打量着我。随后他瞅了瞅身边那位，双肩一耸。

"这儿呢。"巴斯克人嘟囔着，动动手指叫我过去。

这人给我的第一印象极差，我思忖着，还是别跟他提了吧，更何况还有警察在场。幸运的是，自觉任务完成的两位推开店门，朝坐骑走去。

"坐。说吧，伙计。"

"那个……我是从圣地亚哥来的……不过途经了蓬塔阿雷

纳斯。菲利克斯·布里托先生让我给您问好。"

"瞧瞧。谢啦。您不喝点什么?"

"谢谢,一杯柠……"

没等我说完,和巴斯克人同来的那位朝厨房喊道:"埃米莉亚婶儿!一升够劲儿的奇恰酒①,给我们两个人的!一杯小糖水儿,给这位小兄弟!"

智利南部随处可见的指小词②在这个大男人口中未免显得过于迷你。

女人将所点的饮品端了出来,又一个难忘的第一次。我品尝着甘甜异常的果汁,火地岛苹果榨的。那是一种极小的果子,极地的寒风中,有坚硬的外皮保护着它洁白的果肉。最初的栽种者已无处溯寻。它如褪色咖啡般丑陋,却拥有无与伦比的滋味。

"来小干一个。"那个同来的举起酒杯,他叫潘乔·阿尔门迪亚,是巴斯克人的合伙人、干亲③、大副、鱼叉手、最好的朋友。

---

① 一种发酵饮料,常用玉米、葡萄或苹果制成。
② 西班牙语中的词缀,作用类似于汉语中的"小"和"点",缩小或者减轻词根所表达的意义,常起到表达亲切感的作用,多用于口语。
③ 指小孩的教父与生父母的关系或生父与教父母的关系。

017

两人分别啃起被劈成两片的一整条羊腿；我拘谨地捧着杯子，小口啜饮着苹果汁。

"这么说，是菲利克斯那儿过来的。瞧瞧。小伙子，那我能为您做些什么呢？"

这正是我要的那个问题。早在离开圣地亚哥前我便准备好了一整套说辞，打算讲给遇见的第一个捕鲸人听，可当我危坐在此，面对这两个默默用餐的男人，突然感觉无从说起了。

"带我和你们一块走吧。不用很久。出一次海就行。"

巴斯克人和潘乔对看了一眼。

"我们可不是闹着玩的，小伙子。特别苦。有时都不只是苦不苦的问题了。"

"我知道。我有海员经验的——好吧，也没多少。"

"那您几岁了，您倒说说？"

"十六，马上就十七了。"

"瞧瞧。不上学吗？"

"上，这次是趁着暑假过来的。"

"瞧瞧。那您在哪儿当的水手呢？"

"'南方之星'上。嗯。从蒙特港到蓬塔阿雷纳斯那段，我是厨房伙计。"

"瞧瞧。那么您认识波兰人咯？"

"布兰多维奇船长？那是个南斯拉夫姓吧。"

"以'奇'结尾的在这儿都叫波兰人。"潘乔道。

此番谈话（如果有资格叫谈话的话）的调子直让我觉得困倦无望。当两人啃咬吞咽着、时不时抖出一个问题，我看见我的幻想慢慢化为泡影。我开始腻烦起安东尼奥·加莱科切亚那句必不可少的口头禅："瞧瞧"。此时，一群男人走了进来，是适才修船的那几个，他们用友好的话语抢夺起我对巴斯克人与潘乔的注意。

"那么，小伙子，您都会干点啥？"

又一个倒霉的问题。我还真不会干啥。

"我会烧饭。唔，会一点吧。"

"瞧瞧。您还会烧饭？"

巴斯克人不信我，我只求他别问我某道菜具体怎么做。潘乔先生用刀尖割离着羊骨上的残肉，提出个救命的问题，我却不知该如何作答。

"小兄弟，您为啥想上捕鲸船呢？"

"因为……因为……实际上，我看了本小说，《白鲸》，两位有没有读过？"

"我没有读过,估计巴斯克人也没有。我们这儿的人不太看书。讲的啥呀?"

在我的圣地亚哥朋友们中间,我是以"说电影"闻名的。于是,傍晚五点,我首先开始讲起埃哈伯船长的事迹。两人默默地听着,不止他俩,其他桌上的人也都停止交谈,靠了过来。我边讲边和记忆缠斗。我不能自相矛盾。众人晓得我在专心陈说,悄悄给我续了好几次果汁。我前前后后讲了两个钟头,但愿梅尔维尔会原谅我的添油加醋。当我完成叙述,众人表现出若有所思的样子,拍拍我的肩膀,各回各桌。

"白鲸。瞧瞧。"巴斯克人叹道。他要来账单,付了钱。我虽心有不甘却也只能断定,我此番冒险已经到了尽头。

"好了。走吧。"潘乔说。

"我也去?决定带上我了?"

"当然,小伙子。得趁天没黑的时候检查好滑轮。明儿一早我们就出发。"

4

"传福音者"看着挺小,无法想象他们要怎么将鲸搁到船上。巴斯克人和潘乔先生整备鱼叉，为船首炮^①的枢轴上油，确认土豆、水果干、燃料与食盐的负载，查验划轮组以及捆绑小艇（右舷两艘、船尾一艘）的绳索，我走在总长十五米的船舷，领略着秩序在海上生活中的举足轻重。

甲板下方贮存着木桶和许多我不认识的器具。船头有五个铺位和一条可与艞楼通话的管道。

那晚，我在巴斯克人与潘乔先生合用的茅屋中留宿。上床前，他们告诉我，一年中有大半时间他们都与家人一起生活在波韦尼尔，这里只是他们在港口的住所。

"潘乔，跟这小伙讲讲我们要去哪儿吧。"

潘乔先生铺开海图，用手指比划起来。

"我们现在在这儿，努埃沃港，我们会先向西抵达博克龙海口，从那儿进入麦哲伦海峡，随后往南来到弗罗厄德角附近，至此约一百三十海里的航线。当我们望见弗罗厄德角时，就该驶出继续朝西北西方向延伸的海峡，笔直往南开抵道森与阿拉塞纳诸岛。我们将取道柯克巴姆海峡北口，再往南三十海里抵达罗兰多半岛近前，继而朝西北西方向绕过

---

① 指设在船首甲板上的捕鲸炮，可射出鱼叉。

四十海里的圆弧，直抵福里亚岛左近的开阔海域。紧接着我们会再沿卡姆登诸岛朝东南兜一段弧线，来到正对吉尔伯特诸岛的斯图尔特湾——又是三十海里左右，但据广播预告会有大风大浪。巴列内罗[①]海峡的发端就在东边二十海里处，伦敦德里岛北岸有我们的加工场，而再往东几海里便是比格尔海峡，那些鲸就在库克湾等着我们。现在先休息吧，小兄弟。晚安了。"

曙光伴我们起航。除巴斯克人和潘乔先生外，"传福音者"的船员还包括两个少言寡语的奇洛埃水手和一个兼任电工和大厨的阿根廷人。后者断然拒绝叫我搭手，这样我倒轻松了，我本就不乐意驻留在甲板之下。但同时我也面临着无事可做的窘境，好在潘乔先生紧急任命我做了"广播收听员"，我的任务便是在舻楼待着，耳贴收音机，时刻关注天气预报。

那两个奇洛埃人都生得短小精悍。据巴斯克人说，整个南极都没有比他们更好的划桨手了。

我们如潘乔所述前行着，入夜时，我们以四分之一航速

[①] 意为"鲸"。

驶进柯克巴姆海峡。巴斯克人守了一晚的舵,直待天亮船来到远海才将舵放下。

而后是另一个难忘的第一次。到了卡姆登诸岛,一群跟来的海豚在我们船边蹦跳。它们几乎擦到船舷,两个奇洛埃水手笑得就像孩子一样。这样的游戏持续了几个小时,海豚一路护送"传福音者"抵达斯图尔特湾入口,总以更高的腾跃回应着喊声与口哨。

我们在巴列内罗海峡的静水中行进了数小时,巴斯克人下令在伦敦德里的一个海湾前关停马达。奇洛埃人往水中投下两艘小艇,把我之前在甲板下见到的木桶扔了进去,准备将它们运到海湾处搭建的木质架构上。那便是加工场,四周围着些乍看像石化了的树干的东西。

巴斯克人请我下去看看,我发现那些"树干"原是在石贝沙滩上被屠宰的上千头鲸的骨骸。

"小伙子,震撼吗?这一定不会出现在小说里。鲸的归宿。首先我们用捕鲸炮射击它们,令它们失去侵略性;而后用手持鱼叉把它们杀死,把它们拖到加工场;接着就是刀功;凡有用的部分都会被抹上盐装进桶里,其余的就留给鸬鹚和银鸥。您想到处走走吗?去吧,但别跑得太远,稍往南些是海豹和海象的领地。"

没走几步我就见到了那些动物。数百只海豹、海象、企鹅和鸬鹚占据了滨海的石垒。它们刚闻见我便都抬起了头。海豹颤抖着胡须,也许是在解读我的意图。

我只觉被它们深邃的小眼睛审度着,但很快,当判定我并无恶意后,它们又回到对海平线的永恒凝视中。

一小时后,我们离开加工场,"传福音者"船头向东,直奔比格尔海峡入口而去。左舷是伦敦德里,右舷是奥布莱恩岛。但行至两海里,水道如漏斗般收紧了,巴斯克人微旋船舵、拉长身子,不愿放过分毫视野。他一路绷紧神经,直至望见达尔文岛时才松了口气——整整四个钟头我们只前进了七海里。此时潘乔接舵,转头向南,我们正离库克湾和鲸越来越近。

潘乔先生告诉我,往南三十公里的圣诞岛附近常有长须鲸交配,但那块水域因洋流以及不知从何而来的冰块而危险至极,许多倒霉的船只被海流围困,耗尽燃料也逃不出那方水牢,最终只得随波漂流,被推往东南,撞碎在亨德森诸岛与假合恩角的锐利岩礁上。

"虽然现在是夏天,但在那儿也没法游泳。不出五分钟人就会被冻得休克。"这是潘乔先生的结语。

库克湾的水很静。海上生起的薄雾将岛屿晕虚。船行时几无摇摆。巴斯克人命令一个奇洛埃人攀上桅杆。七米高处,奇洛埃人抱紧船桅,不久便呼喊道:"右舷有水花,距我们四分之一海里!"

潘乔先生奔向船头,将鱼叉安进炮孔,接着迅速斩断捆扎绳圈(一头连着鱼叉上的铁环,一头绑着捕鲸炮的基座)的链条,两脚开立,等待发射时机。

我朝巴斯克人走去,他正如猫科动物一般仔细嗅着海水的动静。

"小伙子,那儿呢!一条巨头鲸!"

我首先望见的是它呼出的水云,随即是它埋身水中时甩起的巨大尾翼。

"潘乔,锁定它了吗?"

潘乔举起右手表示肯定。过了几分钟,鲸在至近处浮现,我们得以窥见它的整体。它足足有八米长。一看到它,巴斯克人就一巴掌拍在船舵上。

"真他妈倒霉。是头母的,还怀上了。"

在船头的潘乔先生将火药撤下，重将绳圈捆上，随后来到我们所在的艄楼。

我不明白他们是怎么分辨出鲸的性别以及怀孕与否的。

"看它上浮的姿势：动作很慢，且它接近水面时身体是水平的。"巴斯克人解释道。

"那母的你们就不杀了？"

"嗯，这是明令禁止的。谁会宰了那只下金蛋的鸡呢。"潘乔先生说。

那天，我们再也没在库克湾找到鲸。

入夜时，"传福音者"在克鲁艾半岛下锚，阿根廷人用船尾的烤架为我们准备了羊肉。见到如此慷慨的馈赠，鸬鹚与银鸥纷纷来到船边守候。

接下来的三天，鲸仍未露面。巴斯克人看了一眼燃料，心里上火，但船还得走。第四天，桅杆上的奇洛埃水手终于报出了好消息。

这回巴斯克人可算有所收获了：一头抹香鲸。

潘乔先生射中了它，百米长的绳圈迅速被逃窜的猎物拽尽，每次绷直都会将船扯得猛地一晃。这样往复了数次。那头抹香鲸每每游近，都是为了以更大的速度冲离船舶。也许是因为它之前就曾中过钢叉，知道能不能逃生全仗自己的速度，可巴斯克人与它同速行驶着，始终保持着和它之间的间隔，使绳索不致紧张，直至其挣扎的动作越来越弱，身心俱疲地来到水面上。这时，奇洛埃人往水中放下一艘小艇。他们不让我跟去，但从栏杆内探出身去的我仍旧见证了本次狩猎中最惨烈的一幕。

奇洛埃水手操起宽叶短桨。巴斯克人将双脚脚踝都绑在了固定在小艇前端的铁环上。我见他们飞速朝鲸划去，巴斯克人手执鱼叉、岿然屹立。来到猎物侧面时，巴斯克人用力将钢叉刺进了它暗色的皮肤。

抹香鲸翻腾起来，用尾鳍愤怒地拍打着水面，若击中小艇的话定能将其轰打成渣，而那两个奇洛埃人展现了他们高超的划船技艺，在规避攻击的同时也保持着距离，巴斯克人则趁机抄起了第二支鱼叉。已经没必要了，因为后来他告诉我，他的第一击恰巧扎在了它的肺上。

将抹香鲸在脚架（安在左舷与吃水线齐平的一个折叠平台）上绑紧，我们启程返回加工场。潘乔先生说他觉得马达声不对，此外气象预报也不容乐观，但我们又一次钻过了奥布莱恩岛与伦敦德里间的险道，并于黄昏时分在目的地下锚。

次晨,他们用两艘小艇把猎物牵到沙滩上。奇洛埃人用冰球棍式的短刀将它剖开,鲸血冲灌着碎石,形成一条暗红色的沙流掺入海中。身着黑色胶服的五人从头到脚皆是鲜血。鸬鹚、银鸥与其他海鸟在腥味的刺激下狂热地翻飞着,不止一只因放肆挨近而付出了被生生剖为两半的代价。

这是个速战速决的活计。抹香鲸的几个局部会被抹上粗盐塞进桶里,而剩下的绝大部分则将被连骨带肉地弃于滩涂,迅速融进伦敦德里的幽玄幻景。

"传福音者"的发动机确实受损了。前往努埃沃港的归程用了足足三天。暴雨倾盆,直至船驶进因乌蒂尔湾才稍见憩息。

接着我要干什么呢?再与巴斯克人以及潘乔先生多待一会儿?

我们靠港,卸下木桶,卸下设备。在告别了阿根廷人和奇洛埃水手后,我们去火地岛客栈用餐。

烤羊肉和苹果汁。

"不走运呐,小伙子。"巴斯克人说。

"抹香鲸嘛,也就够开销的吧。"潘乔先生抱怨道。

"那您这儿怎么说呢,小兄弟?"

"我也不知道，安东尼奥先生。"

"瞧瞧。就说这次出去开不开心吧？"

"开心啊。我喜欢出去，喜欢坐船。我喜欢你们，还有那两个奇洛埃人和那个阿根廷人。我喜欢海，但我觉得我不会做捕鲸人。可能让你们失望了，抱歉，但这是我的实话。"

"要知道，小伙子，我很高兴您反感杀戮。鲸一天天在变少，大概我们就是这块海域最后的捕鲸人了。但这一点都不遗憾，是时候让它们回归安宁了。我的曾祖父、祖父，我的爸爸，他们都以猎鲸为生，要是我有个像您这样岁数的儿子，我也会建议他选择另外的出路。"

第二天一早，他俩送我来到路旁，让我搭上了一个去波韦尼尔送货的熟人的卡车。

我拥抱了他们，既激动又绝望：这一走或许就是永别。

世界尽头的世界。

有人轻轻拍了拍我，我发现我仍在汉堡。那是名航空公司职员。她无比亲切地请我出示登机牌。

第二部分

5

欧洲范围内的唯一一次转机是在伦敦。经过近四十五分钟的等待，客机一举爬升至巡航高度，在大西洋上飞行。现在是一九八八年六月二十日清晨六点三十分，万里无云，与我们同向而行的太阳直逼得人把遮光板放下。

之前说过，这是一次数度放言又屡遭推迟的旅行。此刻的我却因一个极其仓促的决定坐在前往智利的飞机上。

我抻直双腿，放下座椅靠背，回想起那个令我说出"好，我去"的理由——它距今不过四天。

一切始于六月十六日，接近正午，我正与三个合伙人同坐在办公室里。但在讲述之前，我想先讲讲这三个合伙人到底是谁，我们的办公室又是干什么的。

他们是：一个荷兰人和两个德国人，都是自由记者，和我一样厌倦了为"正经"媒体写作——后者极少对环境问题感兴趣，除非它能掀起一场轩然大波。我们幸运相遇、交谈，当发现我们有一个共同讨厌的对象和许多共同赞成的观点时，自创新闻社的想法便应运而生。我们希望为人们提供更多的选择，从根本上关注生态问题，对富有国家用以抢夺贫困国家资源的谎言作出应有的回应。前者掠走的不仅是原材料，还有后者的将来。或许理解最后这一点并不容易，但让我们瞧瞧：如果一个富国在一个穷国内开设了化学废料场或核废料场，它也必定在攫取着这个人类社群的未来——若这些废渣如他们所说一样"无害"，富人为什么不将它们倾倒在自己的领土上？

我们的办公室是一个七十平方米的房间，原属于一家螺钉厂，我们将它租下。这儿放着四张写字桌、一台连着环保信息数据库的二手电脑、一台电传机——它将我们与位于荷兰、西班牙、法国的其他"异端"新闻社以及包括"绿色和平""共同体""罗宾汉"在内的诸多环保组织连结在一起。

那台电脑有时就像我们的第五合伙人，我们给它起了个诨号——"布罗姆罗",作为对名侦探佩佩·卡瓦略[①]的探子的致敬。

那天早上,我们正在分析英国工业部的一项计划:继续在比斯开湾焚烧有毒废料,并为此提供法理支持。

就在这时,电传机响了。一条来自智利的消息。我启程的理由。

6

蒙特港。一九八八年六月十五日十七时四十五分。在智利军方拖轮的协助下,悬挂日本旗帜的加工船"日新丸"抵达本港。据船长谷藤敏郎称,该船在麦哲伦海峡附近损失了十八名船员。

受伤船员(人数不明)已被海军医院收治。

智利当局已下令封锁消息。速联环保组织。

完毕。

---

① 西班牙作家巴斯克斯·蒙塔尔万(1939—2003)笔下的人物,西班牙文学中最著名的侦探形象。

下方签名为萨丽塔·迪亚兹。这是个智利女孩，曾来过汉堡，得知了我们的工作，便自告奋勇当起该地区的联络员。值得一提的是，她也是我们在全世界范围内唯一的联络员。

我们做的第一件事即是将船名和日本船长的名字输入电脑。"布罗姆罗"眨了眨它巨大的独眼，抱歉地告知我们无此记录。

下一步则是将"布罗姆罗"连接至绿色和平组织的数据库。几分钟后，我们收到一条奇异的反馈：

"日新丸"：1974年产于不来梅造船厂的鲸工船。证书：横滨。排水量：23000吨。长度：86米。最大宽度：28米。甲板：4层。船员：117名，包括长官、医生、水手、叉鱼手和加工人员。船长：谷藤敏郎（自封"南太平洋的掠夺者"）。位置信息：根据绿色和平组织东京分部的消息，该船自五月上旬起在毛里求斯群岛附近活动。

以上是所有信息。

"布罗姆罗"快速吞咽并消化着那些数据。我们中有谁提到了幽灵船，但一通电话打断了他的发言。

是绿色和平的新闻发言人阿里安娜打来的。

"你好，我刚到办公室，智利那档子事已经听说了。我们得马上谈谈，上帝啊，我感觉我们摊上大活了，特大一活。你来不来？"

绿色和平组织的总部离我们不远，沿易北河岸走两个街区就到。阿里安娜为我端上一壶咖啡。我见她有点不知所措。

"他们成功了，天呐，也不知怎么搞的，但他们做到了。这太可怕了。太可怕了。"

"冷静，阿里安娜，冷静。谁做到了？做到了什么？怎么就可怕了？能不能慢慢说？"

"抱歉，这事太让人难以置信了，我试着放慢节奏，跟讲电影似的一步步来。我先给你念份报告吧，是个秘密文件，准备指控用的。听着：'圣地亚哥。一九八八年五月二日。智利政府颁发了一项许可，允许每年猎杀五十头蓝鲸用于科研目的。智利当局不愿透露被许可人的身份。'你怎么看？"

"日本人吧，都看见他们去了，给智利的将军们带了整船的礼物，想必不是为了空手而归的。"

"同意，那我继续说。得知上述捕杀蓝鲸的许可后，我们当即开始准备控告材料。这份智利许可违反了一九八六年国际捕鲸委员会作出的暂停捕鲸裁定，它有许多未知信息：向谁颁发的，何时生效；而在搜索数据的同时，我们收到的一条消息为我们确保了时间。我这儿有个文件夹，里头是加拿大海洋生物学家法利·莫厄特（地球上最懂鲸的人之一）撰写的报告。他认为，在这段时间里，蓝鲸几乎不可能移动至南极圈西北；到六月中旬，连破冰船都难以在威德尔海通航，只有迟延或病弱的鲸才敢前往设得兰群岛。所以莫厄特的研究告诉我们，直到十月都不会有蓝鲸出现在智利领海，这让我们宽心不少，毕竟可以好好做准备了，可是——这个'可是'还是来了，打了个我猝不及防——刚过去的五月二十八日，我们接到一个从智利打来的神秘电话，一个说'海员英语'的男人——你知道我指的是什么，既扼要又精确——冷不丁通知我们，在蒙特港以南一百五十海里处的科尔科瓦多湾，'日新丸'出现了，还配备着全部船员。你也知道，'日新丸'是我们的老相识了……"

7

绿色和平组织与"日新丸"于一九八七年十二月结缘，两者之间的关系怎么都称不上友爱。

那年，日本人依靠投票时出现的怪异"缺席"，在国际捕鲸委员会的一次全体大会上出人意料地取得了在南极水域猎杀三百头小鰛鲸用于"科学"目的的许可。

国际法允许的该种鲸捕杀量仅为每年两头，且限于已经证实的科研项目，但从一九八六停捕裁定生效时起，就从未有哪个捕鲸团体能证明其猎杀行为或预期所得的科学收益。

拐来的许可一到手，"日新丸"直奔南极而去。一切迹象都表明，无论什么人、什么事都无法阻止这种濒危动物的灭绝。

所幸这一切都不是真的，因为，谷藤船长刚下令起锚，环保组织的工蚁们便行动了起来。一九八七年十二月二十一日晨，四艘挂着彩虹旗的机动快艇用一只真实比例的充气鲸封锁了横滨港三菱码头的出口。

谷藤船长想，冲破一只胶布鲸的拦阻算何难事，便欲按既定方向发船，可那些机动艇就如水中胡蜂般包围了他，叫他不得动弹，逼这位日本海员下船谈判。

这是为了赢取时间。就在机动船队于横滨港搅扰着大和巨人的当下，在欧陆的各大都城，绿色和平的活动家们已获政府接见，并取得了捕鲸许可的复议权。

行动持续了近三十小时。机动船轮流补给燃料，船员们将就地喝下一瓶瓶掺水的烈酒。十二月二十二日下午三时，双方和平停战：国际捕鲸委员会宣布许可无效，并请日本继续遵守一九八六年的裁定。

我的一位新西兰好友布鲁斯·亚当斯恰好在那儿，便向我说起他是如何用那双冻僵了的手操纵机动艇来到"日新丸"右舷、申请与船长对话的。

谷藤敏郎探出身子。

"您输了，船长，我们想告诉您，任何前往南极洲的企图都是违反国际海洋保护法的，必将受到我们的指控。"

谷藤手持喇叭答道："你们这么做是违法的。阻止一次合规航行的举动近乎海盗行为。我可以从你们的船上碾过去。那是我的权利。船上飘的旗子保护不了你们。彩虹还是挂在天上的好。警告你们：下次我可不会那么客气。"

"相信不会有下次了。即便有的话，我们也会再来。捕鲸是非法的。"

"会有的,等着瞧吧。我会尽我所能证明给你们看,捕鲸是可能的、是合法的。我们有个共同点,都是有梦想的人。我的梦想就是重启大规模的商业捕鲸。"

"这可不是我们的梦想。我们只愿海洋中的所有物种能够平静生活,繁衍壮大,与人类需求不相冲突。"

谷藤做了个手势,一阵垃圾雨从"日新丸"的甲板直泼小艇。

是的,"日新丸"是绿色和平的老相识了。

8

"……听得出来,这是个爱激动的人,"阿里安娜说了下去,"我提到,根据我们的情报,'日新丸'离智利还很远,他道,这不过是烟雾弹罢了。我只得搬出莫厄特的报告试图让他冷静。可他打断了我:'我也懂鲸。谷藤根本没想着蓝鲸,也根本没打算进入南极圈,他要捕猎的是领航鲸、巨头鲸——谁知道你们欧洲人还有什么鬼称呼。'"

阿里安娜为"布罗姆罗"提供了更多食料。

"领航鲸，也称巨头鲸、黑鲸、瘾君子、黑鱼、锅鲸。体长四到七米。上下颚分别有七到十二对牙齿。雄性比雌性略大。体格健壮，头部小而浑圆。妊娠期为十五到十六个月。初生时的幼鲸体长逾一点五米。哺乳期为二十个月。主要食物为鱿鱼。因俄罗斯人、挪威人和冰岛人不加区别的捕杀而在北大西洋濒临灭绝。一九七五年到一九七七年间曾观测到有向南半球迁徙的现象。南太平洋麦哲伦水域栖息着数百头该种鲸。性格友好而轻信。据侦测能用超过七十种信号进行沟通。迁来者的求生习性已向原居南半球的该种鲸转移，后者放弃了在开阔海域生活的传统，转而集聚在海湾、海峡和峡湾入口附近。国际捕鲸委员会明令禁止捕猎该种鲸，并公开宣布领航鲸为濒危动物。"

阿里安娜又帮我把咖啡续上，说："我问他有没有先例可以证明他的观点，他回答说：'我们海上的人，隔着好几里就能闻到腐臭的味道。你们到底帮不帮我？'我不知如何作答。我侥幸做到了让他与我们保持联系。他的要求有点难以实现。你也知道，我们的船太小了，没条件对在那个地区发生的事件加以干预。"

又一次给阿里安娜说着了。

那段时间,"冈瓦纳①"号考察船还在整备之中,环保组织希望用它前往南极,访问各国在白色大陆上设立的科考站,与那里的工作人员商谈将整个南极作为世界遗产自然公园进行保护的可能性,使其不至落入某些国家(在那儿,毒素已经饱和)提议的被作为化学或核垃圾场使用的噩运;但"冈瓦纳"的入水仪式至少要等到八月底。

"莫比·迪克"也在修理,一旦离开不来梅的干船坞,就会即刻赶往北大西洋制止猎鲸行为。挪威人、瑞典人、丹麦人、冰岛人、美国人、俄罗斯人……为不受国际法制裁,他们纷纷在船头挂上了穷国的国旗。

"天狼星"正于地中海阻遏着废液排放。人们每日往这片满目疮痍的水域倒下更多毒物,若不加干预,哺育人类文化的海洋终将成为"行星的阴沟"。

"绿色和平"尚在美国东岸推动无核区的建立,而"白鲸"(不知疲倦的迷你河船)正穿梭于欧陆静脉,劝止着化学

---

① 船名取自冈瓦纳古陆,一个推测存在于南半球的古大陆,也称南方大陆。

物质的释放,从本源上捍卫着海洋的安全。

是的,就像一挺小舟面对着野蛮现代的瀚海。此外,我们仍缺一艘船,我们最亲爱的那一艘。

"彩虹勇士",彩虹舰队之旗舰。

一九八五年七月十日二十三点四十五分,新西兰奥克兰港,两枚由法国潜艇特工安放的强力炸弹在它身上轰出两个致命的豁口,是时正在船上的葡萄牙生态学家费尔南多·佩雷拉也因此殒命。

老迈的"彩虹勇士"曾于南半球掀起多场和平之战,揭露了法国人在穆鲁罗阿环礁进行的非理性核试验,却终究要陷落于一场由法国政府批准的恐怖主义偷袭。

没有比静静地犁开大海的帆船更美的了。一九八五年十二月,于同样的静默中,来自全球各地的朋友将沉睡的"彩虹勇士"牵至新西兰海岸前的玛陶里湾,依照毛利人的仪式任其驶入深海、沉入海底,与其戮力守护的生命融为一体。

"'要是你们没法帮我的话,我就自己行动了。'他撂下这么一句。"阿里安娜道。

"海上冤家。关于他,你还知道些什么?"

"不说我都忘了,他叫豪尔赫·尼尔森,提起过一艘叫做

'世界尽头'的船,说随时听候我们差遣。你看怎么办?"

"等吧,阿里安娜,我也想不出别的了。"

"总有个声音在我耳边嗡嗡响,说这一切都是真的。上帝啊,一下子失踪了十八名船员。这故事背后挺恐怖的。"

阿里安娜的想法不无道理。我们所知寥寥,正在散发着恶臭,但只要与利益挂钩的,何曾有过例外?

9

我走出绿色和平总部,怀着不可名状的忐忑。我决定到港口晃一圈再回办公室。

豪尔赫·尼尔森。"世界尽头",对探险船来说,这名字不错。我双脚踏上汉堡的街道,思绪却飞去了南方的冰海。我站在愤怒的浪里,被躁乱的大海摇晃着;每每被浪尖隔断的地平线上,豪尔赫·尼尔森正独自与日本巨船对峙。我想提醒他,你会被船碾碎的。而男人转过身,用洛特雷阿蒙[①]的

[①] 洛特雷阿蒙(1846—1870),法国诗人,作品包括《马尔多罗之歌》、断篇《诗一》《诗二》等。

句子（我总愿从一名海盗口中听到它）与我说话：

"告诉我，若你是黑暗王子的居所。告诉我，大海（只告诉我，别让仅存幻想的人伤怀），若将你咸涩海水掀至云端的风暴缘起于撒旦的轻轻一呵。你得告诉我，因为知道地狱离人如此之近，我会快乐。"

我回到办公室。快速交换意见后，众人决定此事由我负责。

掌握的信息太少，我很烦闷。晚八点收到的电报又加深了我的焦虑。

> 东京。1988年6月16日。来自横滨港务局的信息显示，"日新丸"号加工船正驶向马达加斯加塔马塔夫港。
> 绿色和平东京分部。完毕。

是该死的幽灵船吗？能同时出现在两个地方。"布罗姆罗"咽下新近获得的消息，翻起白眼，像在说：你想让我拿它们怎样？

子夜，咖啡令我直犯恶心，我打开一扇窗。空气凉飕飕的，污浊的易北河从我眼前经过。突然，河对岸的废铁船坞里亮起灯来，一艘拖轮拽着一条行将拆毁的小艇缓缓驶近。我端起望远镜观察起那艘开往终点的船，它尾部的名字还历历可见："拉撒路"，而再往下些，因锈蚀而斑驳的文字写着"桑托斯"——它最后的母港。

驶向拆卸区的船只总叫人心酸，好比伤重的巨型动物挪往坟场。"拉撒路"的船尾还飘着巴西国旗的线头，我猜这条弃船的故事也与我在汉堡听说的其他许多故事相似。

当岁月与海水将船磨成了浮渣，大公司便会将它们从航线撤下，廉价卖给那些拒绝陆地生活的老船长。于是它们不再拥有货船或役船的身份，转而成为"漂泊的旗号"——悬挂赤贫国家旗帜的海港流浪者，以缩编的船员承接着各类低价合同，不问货为何物，不论去向何处。

"拉撒路"无疑就是其中之一，却因没法通过汉堡年检而被视为航道风险，不得再逆易北河而上抵达库克斯港三角洲。船长想必经历了进退两难的局面：要么为绝无可能的修理付出高昂的代价，要么将它送上不归路。

"拉撒路"的命运让我心头一震。我感觉一缕微光在我脑内闪过，便跑向了电话簿。我翻找的号码属于查理·奎瓦斯，一个同样对正经媒体不抱幻想的波多黎各人。

"是查理吗？抱歉那么晚打来，但我着实有件事想听听你的意见。"

"说吧。原来我最近开始提供咨询服务了。"

"不久前我读了你那篇关于蒂汶岛①废铁商人的文章，好像是叫《欧库西的秃鹰》吧，描写的是地球上收入最低的船舶拆卸工。相关笔记、数据之类的你都留着吗？"

"很高兴知道我还有忠实读者。你到底想了解什么？"

"我也不知道，就是有种预感，怎么都睡不着。你会不会恰好搜集了最近几年被拆卸的船只名单？"

"老长一串呢，能不能告诉我船名和国旗？"

"'日新丸'。日本。"

查理请我耐心等候，我仿佛听见他的键盘敲击声。不一会儿，他回到电话前：

"有，我找到了。'日新丸'号捕鲸加工船，一九七四年产于不来梅，证书是横滨发的。这会儿它的遗体应该已经做成咖啡壶和烤盘了吧。一月就拆了。"

---

① 马来群岛一岛屿。下文的欧库西为帝汶岛北岸的地区，临萨武海。

"你确定吗？"

"这世上，谁又能对什么事百分百肯定呢？我的信息也是从一家叫蒂汶金属的废铁公司那里偷来的。一般是这样：船公司说，我这儿有个铁皮盒子开不了了，问欧库西要个顺序号，按时将船送去，然后那些蒂……蒂汶人，是这么叫的吧，无所谓了，就会以破纪录的速度将它大卸八块，把金属价格的百分之五十还给船公司，同时开出一张死亡证明。"

"稍等啊，有没有什么检验机制证明被拆解的那艘船确实与那船名和旗帜对应？"

"你幼稚学修到博士了还是怎么的？要是某公司送了艘船到蒂汶去，跟他们说这是'泰坦尼克'，铁定就会收到那么个文件，上头写着，'泰坦尼克'还剩多少多少吨可用金属。那国家太穷了，疑问就是奢侈。"

"查理，这蒂汶金属的老板是谁？"

"等我看看啊，有了，大股东是个日本财团，做海产品的。"

真是臭气熏鼻。

日本人找到了绕过禁捕裁定的方法。"日新丸"当然在驶往马达加斯加，可那是"日新丸"二号，另一艘船则在蒂汶政府出具的拆解证书的掩护下，如幽灵船般在南方海域肆意通航。

我想立即打给阿里安娜,但我俩似有心灵感应:电话响了。

"太好了,你还在。你冤家打来过了,说还会再打来。你过来吧。"

10

阿里安娜端上一壶咖啡,看到我的脸色,又体贴地撤了,转而提来一个录音机。

"刚刚我把电话接上了,让你听个真切,做出你自己的判断。"她拧开瓶矿泉水。

我按下播放键。对话是英语的。我的职业病又犯了,不知不觉做起笔记来。

尼尔森:"喂?绿色和平吗?我是智利的豪尔赫·尼尔森。"

阿里安娜:"听着呢。怎么了?我们知道有十八名海员失踪的事。"

尼尔森:"真是坏事传千里,你们怎么知道的?不过也无所谓,嗯,有十八名船员失踪了,'日新丸'差点遇难。"

阿里安娜："太可怕了。不管您做了什么，要知道，这不是我们的行事风格。我们谴责任何形式的暴力。您就没想过，把我们扯进来会给绿色和平带来怎样的后果？"

尼尔森："我是最见不得海员遭难的，这您得信我。我也是靠海吃饭的人，但我真阻止不了这事。确实有个人要替悲剧负责：谷藤船长。您别担心，因为谁都不会知道发生了什么。日本人愿意花几万美元去堵住幸存者的嘴巴。且就算未来有谁贸然提起，也会被当成疯子看待。"

阿里安娜："那您说说，'日新丸'到底怎么了？"

尼尔森："您不会相信的。您一定会觉得我疯了。只有见到惨剧遗骸才能知道发生了什么。不看的话，过几天就没了。我不知该如何用语言表达。您来吧，或者让某个同事过来，我很乐意带你们看看我的海。"

阿里安娜："尼尔森先生，我们的确有兴趣了解此事，您有什么别的方式和我们沟通吗？我们这儿出个说西班牙语的懂行的记者会不会好一点？"

尼尔森："那我也没什么别的可补充的了。不过也好。我过三个钟头打来。到时见。"

录音到此为止。从尼尔森的话音辨别不出年龄，他的语调中透着同等的自信与哀痛。

"你怎么看?"阿里安娜问。

"我想跟他谈谈。相信他会再打来的。"

"对此我毫无头绪。根据东京分部的消息,'日新丸'正开往马达加斯加。"

"嗯,但那不是我们那艘。我把所有信息给了他们,他们也得出了一样的结论。"

"所以他们是造了艘新船了,然后用旧船的名字给它命名、上报核准,反正他们文件在手——旧船已不存在了,已于蒂汶岛完成拆解。而当捕鲸机构纷纷以为这世上只剩一艘'日新丸'时,那艘不存在的船便可在大海中恣意劫掠。为了不让人看见,为了不出现在港务局的登记册上,他们塞了多少钱给那些傍靠的港口啊。要是我们搜集到足够的证据,就能揭穿这桩世纪丑闻。可惜我们目前只有一名证人。"

"两名,阿里安娜,我们有两名证人。"

"尼尔森没提到任何人啊。"

"我提到了:萨丽塔·迪亚兹,给我们发来电传的联络人。她亲眼见到了'日新丸'。"

11

我对蒙特港的记忆已经相当模糊了。我总在那儿下火车，开始一段真正的南方之旅。而回忆的碎片已足够我拼出那番景象：萨丽塔独自一人走在风鞭浪笞的防波堤上。干我这行的人常能生出一对感知灾祸的无形触角。陡然间，它们起了反应，我意识到萨丽塔有难，便拿起话筒，拨起那一长串将我与智利连结在一起的号码。

等待接听的当儿，我估算着时差。汉堡这边已近六月十七日凌晨两点，所以智利那头该是六月十六日晚上九点，依照蒙特港人早早归巢的习惯，萨丽塔还是很有可能在家的。

接电话的是个女人，又当即被一个男人取代。

"谁啊？"

"我是萨丽塔的朋友，从德国打来的，能和她说两句吗？"

"别烦我女儿了！"男人挂断电话。

我久久举着听筒，心想，事情似乎正朝着令人反感的方向发展。

我记起萨丽塔造访汉堡时的场景。

"这么说，你们答应让我做联络人了？"

"但还开不出你的工资,至少眼下是这样。"

"没事。我只有一个要求,别把我一个人落在世界尽头。"

萨丽塔处于危境之中。我还不确定那是什么,但敢拿死亡证做牌照的,必不是三思而后行的主儿。

距尼尔森的下一次来电还差个把钟头。我打给我的合伙人,约定一早五点在办公室碰头。剩下的时间我思考着日本这个民族。

12

日本。有时人很难不落入狭隘的深井,于是他开始以偏概全,将一个国家的所有住民装进同一个麻袋。

环保组织在日本是个重要的存在。我们的日本友人常为工作铤而走险,因为地球的强盗们不愿对话、不赞成法理,即便这么做,也是为了在诉讼中将它们用作减轻处罚的情节。

应当指出的是,在市场规则统治下的世界,抱持双重标准的掠夺者不仅是日本人。日本是七大富国之一,拥有很大程度上的话语权,甚至有时会给人"自带私掠许可"的印象。譬如,全欧洲以及美国、俄罗斯和多数非洲国家都谴责猎象行为，同时承认，这些源自黑色大陆的灰色巨物已接近灭绝，但谁都没想过去诘责日本——猎杀的鼓动者，全球最大的象牙采购国。自不用说，它控制着市场，是欧洲、美国和苏联最主要的象牙供应源。那象牙的用处何在？它仅能制作少数奢侈品，而我们能肯定的是，帕洛玛·奥谢[①]或克劳迪奥·阿劳[②]的才能绝不会因为自己弹的不是象牙琴键而有所减损，他们会继续奏出华丽的莫扎特或斯卡拉蒂[③]，无需为获取那区区四十公斤的象牙去屠戮一头六到八吨的动物。

而生态环境的恶化以及对地球的谋杀并不仅限于猎鲸或猎象。非理性的科学观与进步观一直致力于将犯罪合法化，仿佛疯狂成了人类唯一的遗产。让我们回到鲸的话题上。捕杀它们的目的是什么？为满足一小撮恶德富人的口腹之欲？鲸在化妆品业中的地位已成过往。提取一公升鲸油的成本若用来投资欠发达国家的植物油生产，能得到二十升质量相似

---

① 帕洛玛·奥谢（1936— ）西班牙钢琴家、女侯爵，曾创办以其名命名的钢琴比赛。
② 克劳迪奥·阿劳（1903—1991）智利钢琴家，20世纪最伟大的钢琴家之一。
③ 指亚历山大·斯卡拉蒂（1660—1725），意大利作曲家，那不勒斯乐派歌剧的创始人。

的油脂。想到如今还有某些所谓"现代主义"的发言人以欧陆报刊为讲坛,大肆宣扬"环保无用论",将环保谴责为"生态崇拜",试图将焚屋取暖式的愚蠢论断提升到新伦理的制高点。"吾所不知者为鄙"正是这些"破坏哲人"的座右铭。

13

尼尔森很守时。

"不,我没法在电话里说。有兴趣就过来吧。我想请您看看我的海。我的'世界尽头'随时听候您的调遣。"

"您在地球那头呢,路太远了。要不您把号码告诉我吧,我打回去,这样您就不用担心电话费了,想说多久都行。"

"我打的是公用电话。能用西语交流真是万幸。没搞错的话,您是智利人吧?"

"对,我在那儿出生。"

"不用替我担心。生活里总有更糟糕的时候。您到底来不来?"

"这样吧,尼尔森先生,我给您一个记者的电话,她就住在蒙特港……"

"萨拉·迪亚兹①？"

"您认识她？"

"不认识，但我恐怕有个坏消息要告诉你。今天早上我听说有个女记者遭袭，从冲印店出来的时候被车撞了，还被抢了东西，具体不知道是什么，但我总觉得，这就是我前天晚上看到的那个在海军船厂拍下'日新丸'照片的女孩，真够可怜的，身上多处骨折，正在医院治疗。您来还是不来？"

我只觉锅盖掀开了，臭气晕染着一切，仍在朝远处不停蔓延。萨丽塔为告知我们付出了代价，我们岂能置之不顾。

"嗯，我会尽早动身。到时怎么跟您接头？"

"您也别急。不用担心那孩子，我会把她带到安全的地方去的。您六月十九日到二十三日到圣地亚哥就来得及。我用您的名字定了去蒙特港的船票，然后您去正对着卡尔布科岛的圣拉斐尔湾找一艘叫做'疯鸟'的巴拿马船就行。我在那船上等您。"

其余的就快了。我的合伙人立时同意了这次旅行。绿色和平官方确认介入此事，第二天我就拿到了机票。

---

① 即前文萨丽塔·迪亚兹，萨丽塔是萨拉的昵称形式。

在机场，我的长子托我给他带个能"倾听我的大海"的海螺；而阿里安娜交给我一面组织的旗帜，上头画着鲸入水时的尾鳍。

"欢迎成为彩虹的一分子。祝你好运。"

有人轻轻拍了拍我。是空姐，问我要不要耳机。

"耳机？"

"看电影用的。"

"什么电影？不好意思，刚刚我睡着了。"

"罗曼·波兰斯基的《海盗》。"她亮出最美的微笑。

是的，我来了。来见你，世界尽头的世界。我并不知道等待我的是什么。

第三部分

14

六月二十一日（周二）晚，一架智利航空公司的客机在蒙特港将我放下。汉堡——伦敦——纽约——波哥大——基多——利马——圣地亚哥：三十多个小时的飞行让我困倦不已。

一路上，我久久思索着回智利的旅程。我无数次地将它延后，只怕面对一个背离了记忆的陌生国度。那个如初恋般尊贵而美丽的小国，我童年时那片难忘的热土。

我也曾是众人中的一个：身陷囹圄，逃离恐怖，在无人之地流亡，积聚所谓的能量。而世界与我们打招呼的方式是用未知的现实狠抽我们一个耳光。

克里奥尔军方[1]的横蛮亦与其他制服暴行无异，我们渐渐发现，我们渺小的梦想是自私的。我们自信能将那些正义的仇敌唤到我们所掌控的领域，从而战胜他们，但究其本源，我们是在为图舒适而任他们继续制定游戏规则。

经过那段长久、困顿而愁苦的日子，流亡似已成为某种奖学金，它教我们明白，与人道之敌的斗争早已遍及全球。它无需英雄或救主，出发点只在于捍卫世上最基本的权利：生存。

我在汉堡过得不错，但我总想与智利的圣地亚哥重逢。我记挂那座城就像记挂一位恋人，只怕时间让再见时的她垂垂老去。

我来不及探查它的现状，尼尔森的票仅留给我半小时的休憩时间，之后我便要赶往南方。我只望见疲惫的群山——西尔维奥·罗德里格斯[2]口中"冬日的象征"，以及如面纱般

---

[1] 克里奥尔人在16至18世纪时原指生于美洲而双亲是西班牙人的白种人，后指美洲出生的纯西班牙血统的人、殖民时期在当地安家的西班牙望族的后裔或城市欧化居民。在这里，克里奥尔军方指的是曾被称为"克里奥尔超人"的奥古斯托·皮诺切特政权。
[2] 西尔维奥·罗德里格斯（1946—　），古巴创作型歌手、吉他手、诗人。

的迷雾——遮掩着它好比遮掩着一位寡妇。

我与冬天携手抵达蒙特港。下飞机的那一刻，我收到太平洋冰冷的致意。气温应是零上两三度，大风啃咬着我的脸颊。为了避免打听萨丽塔的事，快成肉冻的我登上路虎的士，前往圣拉斐尔。

港口中只泊着十二三艘船，我没费多大工夫就找到了"疯鸟"。一个男人在甲板上抽烟，见到我便跳下船来，我顿时意识到，这就是豪尔赫·尼尔森。

一头灰白的长发让人难以估计他的岁数。我见他踏过我俩之间的几米，用的是银发海员标志性的步伐——如今在欧洲某些港口还能见到他们，驾驶着挂有巴拿马或利比里亚等穷国旗帜的船舶，身后拖着几万海里的航行记录。他们不常下地，像是身体里自带着行船的摇摆。此类"小说中的水手"如今已所剩无几，现代船员常由电脑专家与年轻海员构成，而在后者眼中，大海只是个过渡性的场所。他们的收入称不上一流，港口的现代化也终结了"见证多一些世界"的渴望。人们已不再感受到海洋的魅惑。

到我面前后，他两腿开立着，朝我伸出右手。

"船长豪尔赫·尼尔森。旅途顺利吗？"

"这等之后再说吧。萨丽塔是什么情况?"

"放心,没我想象的那么严重,断了一条腿和两根肋骨,但她会痊愈的。现在她在一个安全的地方养伤。她知道您来了,您很快就能见到她,但不是现在。等海水再平静些吧。您跟我来,我在一家靠谱的客店给您定了间房。"

我们沉默地走着。沉默有时是最好的交流。

两条狗在初见时会怎样呢?它们不会说一个字,也不叫不喘。它们会互相闻闻屁股,认定对方是否信得过。我们这么做了。来到客栈时,我们之间已架起了信任的桥梁。

我累得要死,却也不愿错过用地球上最好的海鲜烹制的晚餐。鲜榨的苹果汁与皮普诺酒①如此地一样粗粝直率,使我与我的身体重归和谐。晚饭过后,煤炉中燃烧的柴火的香气让人不经意间话多起来。

"一直在满世界跑?"尼尔森问。

"从一九七五年开始吧。我是不是该叫您船长?因为当时您是这么介绍自己的。"

"习惯成自然嘛,岛上人都这么叫我。您别说,我还真不

---

① 一种智利传统葡萄酒,呈棕色,稍甜。

觉得讨厌。可要是他们称呼我：'我的船长'，那风向就又要变了。反正您爱怎么叫就怎么叫吧。"

"'日新丸'到底是怎么回事？"

"别着急，您会知道的。您会看到一切。有些事是没法讲出来的。语言不足以描述海洋。"

"那至少告诉我您是谁吧。"

"海上一杂种。"

"太笼统了，船长。我这次来已经证明了我对你的百分百信赖。我可是在你的手上。不论绿色和平组织还是我个人都希望了解我们的谈话对象。"

"您可有点强人所难了。我这人不爱说话，也从没想过怎么挤点'传记'出来。您不知道我们老头都善忘吗？"

"我实在有点好奇，船长。我飞两万公里过来不是为了跟一个陌生人吃饭的。"

"行吧，既然您这么坚持的话。这还是我头一回跟人谈论自己呢。坐过来点吧，离火近些。您有没有尝过果渣酒中的至尊，'鞣皮厂的大檐帽'？发酵时他们会把一块羊皮扔到酒桶里。等我去找两个杯子来。"

15

他本叫约尔格·尼尔森，这也是他祖父与父亲的名字。后者是一位丹麦探险家，一九一〇年曾只身（唯一的同伴是一只猫）闯入麦哲伦水域，意图在德索拉西翁岛西北找到一条海道，使旅人们能在穿越海峡后直抵开阔的太平洋而不必冒险前往米塞里科尔迪亚港。老尼尔森并未成功，却发掘了更往北去的数条通道，极大程度地丰富了南方海图，可惜他不属于任何军方或科考团，因而从未有人将这些发现归结到他的名下。

如此的"感恩"与"承认"被称作"智利式酬谢"，但老尼尔森获得的并非只有匿名，他还赢取了一位女岛民的爱意。她伴他度过巴塔哥尼亚的一个个长冬短夏，直到不可避免的死之拥抱拣走了她，至此他再无牵挂，只剩下那个在海上出生、以浪花为摇篮的男孩与他同行。为延续这段一个世纪以前始于卡特加特①的冰海航途，他将儿子命名为约尔格，可那位有发音障碍的智利官爷用西语化的

---

① 北海的一个海峡，丹麦和瑞典的边界。

豪尔赫①替换了它。

"您可能要问,我为什么没提过我母亲的名字。原因很简单,她没有名字。我母亲是奥那人②,那个庞大部族的最后一批幸存者。早在麦哲伦远征的多年以前,他们就已用海豹皮做船、树皮做帆,无数次地横穿了这条海峡。我父亲唤她为'女人',而我还没来得及赋予她另一个称谓——她死于一九二〇年,我出生不到几个月后。此后我父亲又活了二十年,忠于爱侣的他不曾再娶,也未尝中断过他的海峡之旅。

"我对她知之甚少。漫长的冬夜里,在深入内陆的峡湾的庇护下,父亲会向我说起她的事情。我母亲害怕下船,每每靠港,她总会藏到甲板下,如受伤的小兽般颤抖抽泣。她有她的道理:她是奥那人,就像雅甘人、巴塔哥尼亚人和阿拉卡卢夫人③一样,曾遭到扎根在巴塔哥尼亚与火地岛的英国、苏格兰、俄罗斯、德国与其他克里奥尔牧场主的迫害。我母亲是现代史上最浩大的一场种族灭绝行为的受害者与见证人,

---

① "约尔格"在西语中对应为"豪尔赫"。
② 火地岛一原住民部族。
③ 均为当地原住民部族。

那些如今被圣地亚哥人和布宜诺斯艾利斯人奉为'文明进步之捍卫者'的贵族们曾大肆捕杀原住民，为送到他们府邸的雅甘人、奥那人、巴塔哥尼亚人和阿拉卡卢夫人的身体部位付出真金白银，起初是耳朵，接着是睾丸与乳房，最后终于演变为头颅。

"奇异的奥那人。根据屈指可数的已知线索，直到欧洲人入侵时，他们仍以捕猎原驼、在海滩上捡拾贝壳为生。他们用海豹与鲸鱼的骨骼制作鱼钩、箭矢和其他工具，再跟雅甘人或阿拉卡卢夫人交换能够穿越海峡的小艇。他们就这样生活了几个世纪，直至欧洲人到来，将他们逐出这片白人的猎场——不仅是他们，还有他们栖身于幽暗林地的神祇。据说奥那人的神灵丰腴、慵懒、与世无争。相传当欧洲人点燃他们的林木时，奥那人造了一艘方舟式的大船，以期拯救那些神明，无奈他们毫无造船经验，众神又肉重千斤，那艘船最终沉入了海底。就这样，当屠杀印第安人的大潮来临，奥那人已无神灵倚靠，欧洲人与克里奥尔人见他们用兽革与树皮拼搭着一无是处的舟筏，欲从水中救起他们的神祇，或与后者同搬进新的住地。从此再无人知晓他们的行踪，只留下传说种种，流存于世。

"为躲避杀戮,他们中的许多人成了海中的流浪者,但就算生活在船上,他们也未得安宁。对原住民的围猎逐渐转变为牧主们的一项竞技,甚至就此出现了海峡中的第一批汽船。征服者并不满足于将他们赶出陆地。焚毁百万公顷的树林已注定了奥那人的绝迹,但这还不够,必须一个不留地将他们除尽。您听说过'冻鸡射击'吗?这是牧场主们(马凯弗家族、奥拉瓦里亚家族、博谢夫家族、布罗蒂格姆家族、冯·弗拉克家族、斯宾塞家族)发明的一项游戏:将一整家子印第安人放到一块浮冰或一座冰山上,接着便枪击他们,首先是腿,然后是胳膊,众人轮流下注,看谁才是最后淹死或冻死的那个。

"待到我父亲去世时,我已是个习惯孤独、拒绝相信世界的男人。

"我父亲是个好人。我们之间用卡特加特方言交流。我的丹麦语读写能力源自我手头的第一本书:'菲奥娜'的航海日志,那是他从斯堪的纳维亚开来的轻快船。再往后,智利海务局命我们挂上这边的国旗。为撰写'奥那之路'的日志,我不得不学习了西班牙语。

"'奥那之路'是一艘矮龙骨的快艇;'菲奥娜'于一场风

暴中撞沉在迭戈角后,我爸便买下了它。我就出生在'奥那之路'上,那也是我意识里最接近祖国的地方。但它已经不在了。我爸离世时,我做了我该做的:依照他的风俗与信仰,将遗体绑在舵上,沉入佩纳斯①湾的深海。或许在海底,他将与他的'女人'重逢。谁知道呢。

"于是我的伙伴就只剩下一位老妇,我常去范德默勒岛的西岸看她。她不懂西班牙语,不懂丹麦语,她什么语都不懂。仅当忘记我的存在时,她会哼起奥那人的歌谣;见我来到面前,她又立缄其口。我们就这样度过了一天又一天。她同样没有名字。

"那会儿,我指的是一九四二年,我住在我父亲搭建的一间草屋里,它尚能抵挡来自塞拉诺岛东北岸的寒风,那里与范德默勒岛仅隔一条宽约一点五海里的梅西尔海峡。我不是海难者,但我孑丁一人。我是塞拉诺岛上唯一的住民。若我说,比起对岸的奥那婆婆,我更愿意和海豚说话,那我没在骗你。至少海豚会回应我,而那可怜的妇人将所有的话都憋在了心里,她的恐惧比火地岛的雾更浓。每当天气允许时,

---

① 意为"悲恸"。

我仍会行舟——就一只小木船，挂一张三角帆，横渡海峡，去看望她，并与她待上一会儿。

"一天，我没找见她。柴灰还轻，附近发现了狼的踪迹。她走了，带走了岁月，带走了畏惧。我知道再无机会与她相见，我与此处也再无羁绊。

"多年以后，我获知了她的死以及她'最后的奥那人'的身份，作为最卑微的海上逃亡者的民族之终结。记得我是在蓬塔阿雷纳斯的一份报纸上读到她的死讯的。几位法国科考队员见她在麦哲伦海峡太平洋端的德索拉西翁岛前漂流，双桨已断，小舟却奇迹般地未在海浪中倾覆，便将她抱到大船上。他们察看了她的状况，估摸着她应该九十来岁了，且神志异常，因为稍不注意她就想重新跳回到那条小舟上。为了让她安定下来，他们给她打了镇静剂，那便是她生命的尽头。她没有疯。奥那人的神灵栖于海中，她从外人入侵时就遍寻他们至今。

"总之，我来到蓬塔阿雷纳斯，成为'麦哲伦'的一名船员，之后是'托梅''圣司提反'——向战时欧洲输送原木、肉类和谷物的船舶。再后来，到了桑坦德，我改弦易辙，去了加勒比海，继而感觉印度洋和南太平洋在召唤我。

穆鲁罗瓦①、新西兰、澳大利亚、日本：我从一艘船转到另一艘船，直到一九八〇年，我发现自己前景堪忧。再也没有哪艘船，哪怕挂着利比里亚国旗的，愿意雇我当水手了。我六十了，倾斜的身体已胜任不了远海的工作。怎么办呢？我从不觉得自己是个智利人，可毛利人——另一个航海民族说过，所有海洋动物都该回到母港。也许真是如此，因为不满六十岁时我就重复做起一个梦：我在南方的海峡中穿行。注意，我没说智利。您可以到比格尔海峡去，问问皮克顿、伦诺克斯和努埃瓦岛上的海豹、鸬鹚、企鹅，你们是属于智利还是阿根廷。主权就是一块虚构的手绢，士兵们以此拭净垂涎。

"我明白那些梦亦是一种召唤，便转回故地。海上四十年的积蓄（我将它们存在一家巴拿马银行里）本可让我在任何一家水兵收容所安享晚年，可既然南方拽了缰绳，我就必须回头。

"一九八一年底，我在伊巴涅兹港觅到一艘为大航海时代而造的老式快艇，便买下了它：'世界尽头'，上头甚至还附赠了一名船工。真的。那位如面包般高尚的以船为家的巨人

---

① 南太平洋法属波利尼西亚的一个珊瑚环礁。

名叫小佩德罗——为了区别于他的父亲：身长超过两米的另一个佩德罗。

"打从一开始我就和小佩德罗达成了默契。我们整备船只，向南进发。

"塞拉诺岛的小屋还像我四十年前离开时一样，无人居住。极端恶劣的气候吓退了他们。有时我就想，创世之初的地球大概就是这副模样：成千上万的小岛、礁石、山岩。我突然想见了让我'泡'过余生的最佳处所：我自己的海港。如此年复一年，我与小佩德罗出航返航，任无所不知的大海决定着我们的命运，谁都没有碰上。可万事无常。

"我们逐渐发现，海豚在不该离开的季节消失了。随后是长须鲸，它们不再于范德默勒岛的绝壁前跳跃。每到入春时就能看见领航鲸交配的佩纳斯湾好似一潭死水。日本人和智利军方配给的雇工在雷隆卡维北部引起的生态灾害也对我们造成了影响。我们知道，鲑鱼洄游产卵的奇观或许已随岩岸植被的大肆砍伐而远去；原生林群（从与美国同岁的古树到尚不能提供荫蔽的灌木）的消亡令那些四季常绿的区域成了荒漠化中的枯景，而在电锯下一同覆灭的还有成千上万维持河流生存的昆虫与小兽。可我们总把这些想得过于'北方'

了,毕竟相距一千多里呢,'能把我们的海怎么样?'我们每每这样问道。一九八四年夏天的一个早上,我们得到了回答。

"眼前所见令我们瞠目结舌。你知道'卡洛奇'吗?那艘幽灵船,流浪的荷兰人的另一个名字。连见到它都不会让我们如此惊讶。

"在莫宁顿岛南边的特立尼达湾,我们发现了一艘长逾百米的巨型加工船,有数层甲板,停着不动,却马力全开。我们向它驶近,认出船尾处悬挂的是日本国旗。

"距那艘船还有四分之一海里时,我们收到鸣枪警告,他们命令我们远离。但我们也望见了他们的所作所为。

"它正用一根直径约两米的管道抽取海水,制造的涡流甚至波及我们船底。管道所过之处,大海成了一锅死亡的浊汤。它不停地吸吮着一切,全不考虑之中是否存在禁捕物种。因震恐而窒息的我们眼看几条海豚幼崽就此消失在旋涡里。

"最可怕的是,船尾还有一条排水管,将宰杀后的下水扔还给大海。

"他们高速作业着。这些加工船可谓人类创造的最大型的妖兽之一。它们从不追赶鱼群,捕鱼不是它们的活计。它们谋求的是可用于富国工业的动物脂肪,且为达目的不惜杀死海洋，全无犹疑。

"同年，我们在假合恩角左近的洋面航行时，又见到几艘类似的船。它们挂的旗帜各不相同——美国、日本、俄罗斯、西班牙，做的却是一样的事情。

"我们度过了一个难熬的冬季。我既痛心又愤怒，以致想到将'世界尽头'填满炸药，全速朝最近的抽水船冲将过去。我们度过了一个最难熬的冬季。

"于小佩德罗诧异的目光下，我在短波电台中找寻着建议。您不知道我们海员有多爱无线电，它就像时常记挂起我们的上帝之声。如此一来，希望几近破灭的我终于遇见了一条振奋人心的消息：据荷兰广播电台报道，绿色和平组织在地中海开展了一项专门行动，意在阻止另一种被珊瑚商拿来谋杀海洋的凶械——'菲律宾魔杖'的使用。我记得我跳起来抱住了小佩德罗。我们并不孤独！我们不是唯一希图挽救大海的人！而那一刻的我被赐予了此生最大的惊喜，罕言少语的小佩德罗以破天荒的认真劲儿说道：'主子，给您透露个事儿呗。誓言破就破了吧。您也知道，我是阿拉卡卢夫人，在炉石上起的誓是绝对神圣的。但是主子，我知道巨头鲸都在哪儿。'我同他分享了他的秘密。

"因此,当'日新丸'出现在科尔科瓦多湾前,我们火速赶往奇洛埃岛,联系了绿色和平的人员。可惜你们离得那么远。但我们打赢了日本人,单凭着大洋的助力。爱与恨,生与死,隐秘与彰显,一切都在同一刻袭来,不分时代。这就是海……"

水手的一席话之后是良久的沉默。炉火噼啪,似在将它拉长,或请我们维持原状。

"我不知该说些什么了。也不知从何说起。"

"且道晚安吧。我也困了。"

"行。晚安,尼尔森船长。"

16

次日,尼尔森于晨光中将我拽起,在饭厅等待我们的是一大壶咖啡和现烤面包。他猜到了我的心思,便第一时间通报了萨丽塔的情况。

"正在好转呢。骨折嘛,痛是免不了的,但她很坚强。您也知道,我们这儿盛产巫师,是他们将您来的消息告诉了她。她从休养地向您传来了问候,还有这张字条。拿着。"

那张纸上，萨丽塔用颤抖的字迹写着：是日，她在海军船厂见到"日新丸"，便决定拍下它，显然没有小心提防。她将胶卷拿去朋友那儿冲印，出来时就给两个陌生人撞了，她没能看清他们的脸，但能确定是智利人，他们抢走了她的材料，任她一个人倒在街上。萨丽塔感谢我将她转移到安全之所，因为在医院中，她收到了"想死就开口吧"的威胁。她不知这都是尼尔森所为，我也特地没多加质询。我信任尼尔森——信任是人类最美妙的感觉。

"我们现在怎么办，船长？"

"坐'疯鸟'出海；往北，去看'日新丸'，然后再往南，和'世界尽头'会合。"

"疯鸟"是平底快艇，于两台柴油马达的推进下能够飞在水上。南方的走私者（"水客"）用的正是此类船舶。驾驶者名叫切乔，是个沉默寡言的人。不久之后，船上那位绰号"老伙计"的雇工将会在四十节[①]的航速、一米高的海浪中给我好好上一堂高端烹饪课。

我们船指东北，沿卡尔布科岛而行，一个半小时后便驶

---

① 1节＝1海里/时。

入了雷隆卡维湾。蒙特港出现在北边的地平线上。于军堤前微转船舵，我们已来到船厂近前。

没错，是"日新丸"。我比对了手头的照片，正是绿色和平在横滨阻拦的那艘。它的左舷已严重损毁，像是经历了多次撞击。一众工人正在埋头修补。

"什么玩意儿能把它撞成这样？"

"大海。您也看到了，它离毛里求斯远着呢。"

"这艘船确实，可'日新丸'二号还真在那儿。"我将自己对非法航行的诡计（假充拆毁）所展开的调查告诉了尼尔森船长。

"嘿，谁说盗版绝迹了来着？行，船您也看了，知道这是真的。前头还有更精彩的在等着您呢。切乔，全速往南。"

"疯鸟"掉转一百八十度，在海浪中拉出一条泡沫的疤。

"我们还是下去陪陪老伙计吧，这风刮到脸上有点疼。不过我想先给您看个有意思的。知道那是什么吗？"

尼尔森船长指着海港边耸起的一座橙黄色的山。卡车与推土机正从它侧面爬升。我见山顶立着几台起重机。

"是山吗？听着是有些奇怪，我不记得港边有什么山啊。"

"一点也不稀奇。那是座全新的山，跟地壳运动毫无干系，它是由木屑堆成的。打从五年前起，不计其数的木屑就装点着智利的南岸。森林、名树、灌木都终结于此，被碾为碎屑，作为纸的原材料出口到日本。有人说，这是我们为阅读之乐所付出的必然代价，但这不是事实。攫取原生林的收益要比投资经济林高出许多。"

此情此景造成的伤痛远比刮到脸上的狂风严重。

我们爬下甲板。舱顶低得连头都抬不起来。当尼尔森铺开海图，老伙计向我们详述起待会儿午餐（焖羊肉）的细节。他每隔几分钟便会登上艉楼，问切乔些什么，随后重新回到研钵前捣鼓起他的香料。

"我们已经进入安库德湾了。如您所见，风平浪静。若您同意的话，我先给您做一下铺垫？"

"不胜感激。"

"好。您知道，我也获知了那项猎杀蓝鲸的许可，可我没当回事，至少刚入冬那会儿是这样。所以，当我在科尔科瓦多湾见到'日新丸'时，我当即想起了小佩德罗的秘密，那艘船的标的已毋庸置疑：它是冲着巨头鲸来的。可是，总有些什么对不上号。

"如果日本人也摸清了鲸鱼的藏身处，他们就不该停泊在这么靠北的地方，而应该在某个大港修整完毕，譬如蓬塔阿雷纳斯，南极路上的最后一处避风港，一旦结束补给，便可沿萨尔瓦西翁湾一路向北，再往东驶进峡湾。这中间必然有什么不对。蒙特港只是个寒酸的小百货店，而'日新丸'甚至没有靠港。它在科尔科瓦多湾下锚就一定是在守候什么重要的东西。我和小佩德罗绞尽脑汁也没想出来那是什么。

"谜底的揭晓要等到六月四日清晨，一架小型双座直升机在'日新丸'上空盘旋，试图降落在船尾安装的一块金属板上。它没能成功，因为起了东风。你知道我说的是什么吗？"

安第斯的东风。每到晚秋，人们便能感受到从大西洋袭来的第一股气流。它扫过潘帕斯，于阿根廷巴塔哥尼亚的秃峰间畅行无阻，沾染了瓜德罗比拉米德斯与美利莫玉山脉永冰的吐息，终与智利海岸相逢。吹抵瓜伊特卡北端的水面时，它与自太平洋而来的强风东西相抵，聚力向北，扑向安库德湾与雷隆卡维湾，将石头都冻得发抖。奇洛埃水手有言道："东风起时，最好待家里别出来。"

"风势凶猛，'日新丸'起锚赶往蒙特港，直升机终于得以顺利着陆。而在用缆索与帆布将它捆扎妥帖后,'日新丸'向西南方驶去,于威朱奎奎角前、科罗纳多湾以南寻找着查考海峡的出口。我们不明白那架直升机的用意,但谷藤船长确实是风风火火、顶着不知何时休止的风暴全速往南直奔远海的。能找着吗?"

我专心听着尼尔森的讲述,后者边说边用右手食指在海图上点着。我实在难以记住那些海岛、海角、海湾之类的名字,便请他暂缓片刻,让我熟悉熟悉地图。他允许了,将那份散落着成千上万绿点的文件让给了我。

攀上甲板前,尼尔森船长笑眯眯地看着我,道:"没必要都记住。不可能的。谁的脑子装得进那么多名字?走之前给您讲个小故事吧:我的好朋友,一个奇洛埃航海家,称得上老江湖了,曾在麦哲伦海峡做过好几年领航员。此人什么船都能开,管他是太平洋还是大西洋。可他有个硬伤,从没上过航海学校。更要命的是,他还是个社会党人。一九七三年政变①,军人掌控了一切,蓬塔哈雷纳斯海务局将他召去

---

① 指1973年9月11日以陆军总司令皮诺切特为首的军人集团发动的军事政变。智利民选总统、社会党人萨尔瓦多·阿连德在政变中遇害。皮诺切特继任并实行独裁统治至1990年。

考试，否则不得为他换发领航员执照，于是，我的朋友塞萨尔·阿科斯塔携他四十年的航海履历坐在了一个佩着海军中尉军衔的蠢货面前。那小头头摊开一张海峡地图，道：'把有危险的浅滩指给我看。'我朋友挠了挠胡子，答：'若您知道答案的话，恭喜您。我开船的话，只要知道哪儿没有危险就行。'"

临近中午，我也上了甲板，见那三人正悠闲地喝着马黛茶，毫不担心只能依稀窥见诸岛轮廓的阴霾的地平线。

乔肯、塔克、阿皮奥与竹林①已在身后。下午两点，我们于沙伊顿港停靠，在补给燃料的同时，也乐享着以月桂叶和丁香焖制的美味羊肉。

"我们歇一个钟头吧，抻抻腿，放放空。下面这段就没那么惬意了，况且坐的还是个沙丁鱼罐头。再往南几海里，我们就会驶进科尔科瓦多湾。知道吗？您运气还不错，我们在这条路上追踪'日新丸'那会儿天气也跟现在差不多。"尼尔森船长告诉我。老伙计已在为今晚吃什么征询切乔先生的意见。

---

① 均属奇洛埃群岛。

科尔科瓦多湾坐落于沙伊顿港以南二十五海里处。无风的夏日里，水平如镜，海底一览无余，可到了冬天，水流自太平洋奔涌而来，此段航程将变得危险重重。

海湾距奇洛埃岛东岸四十海里，而奇洛埃岛的最南端与瓜伊特卡群岛的至北角又被一条宽达三十多里的海峡分隔。太平洋的劲流正是从此攻入，拍在瓜福岛上分为两支，又以更大的声势于海峡中央会合，在前行的同时形成了骇人的漩涡，千百年来抽打着科尔科瓦多湾，让它越扩越大，也将科尔科瓦多冰雪区的陡峭岩礁愈削愈薄，令其花岗石的庞大身躯日显佝偻。

航途艰险。切乔先生与尼尔森船长轮番掌舵，而我则戮力维持我的胃处于非头非脚的其他任一部位。老伙计已开始预备晚餐，他用布条将烹饪用具绑到了炉子上。

我觉得，行程大半"疯鸟"都是飞着度过的，触水是为了在樯橹愤怒的爆裂声与惊恐的呻吟声中再次升空。下午五点半时，天色已暗，我们奇迹般地冲入了一片宁静之海。在沿某岛东南绕了一小圈后，切乔先生关停马达，跳上陆地。

这是他全程第一次跟我说话。

"好玩吗,兄弟?这里是希奥①岛南部,之所以这样叫,是因为有美利莫玉山脉的高峰阻挡,这里从不受大风侵袭。上头正呼呼地吹着东风呢,但等它降到这个高度,已经是十二海里开外了。老伙计,我们吃啥呀?"

见主子意外饶舌起来,雇员也备感欣快:"海鲜大餐!"

我们稳坐甲板,享用起那道绝美的淡菜羹——硕如手掌的贻贝,色泽是令人难以抗拒的玫红。用罢餐饭,众人谈起旅途中的种种,我欲再了解他们一些,便提了几个问题,两人均以没精打采的"是"或"不是"回复。眼看此番对话就要无疾而终,我的一句"这发动机什么特点?哪儿买的?"却惹得他们开怀大笑。

"头儿,告诉他吗?"老伙计问道。

"当然。尼尔森带来的人,指定靠谱。可我说,老伙计,您可别夸张,给人乱吹一气。"

"喂喂喂,瞧瞧我这大领导!您看啊,我们之前用的是个爱走不走的小发动机,跟得了肺结核似的,也没钱买个新的,

---

① 西班牙语名为 Refugio,意为"庇护",发音为"雷富希奥",但通常译为谢尔特岛或希奥岛。

谁知有一天，准确地说是一个晚上，要不怎么说上帝伟大呢，眷顾我们这些贱民，让我们加入了进步同盟①，您听说过'尤尼塔斯'吧，美国海军和智利海军一起搞的一个劳什子，反正实际情况就是，美国佬在演习如何攻占奇洛埃岛西岸的库考湾时给暴风雨逮着了，把两艘登陆舰抛在了海上，特别大、舰桥高起来的那种，领导和我见了，都说：'哟，美国佬可够大方的呀，把发动机都送给我们啦。'当下把它们拆了过来，您瞅瞅，就这样还有人说美国鬼子坏呢，这些忘恩负义的家伙。"

"可那发动机挺沉的吧，你们现在用的这个……"

"都说了，神爱世人嘛，我们一般都开'世界尽头'出来的，那船什么都能装下。"

故事讲完，老伙计刷起锅盘。坐在甲板上的我点起支烟，心想，我开始有点喜欢"世界尽头"了。

---

① 1961年在美国创立，旨在促进拉丁美洲的社会与经济发展。系肯尼迪时期提出的行动，用意为通过对发展中国家的资金援助，达到控制发展中国家、扩张势力范围的目的。

17

伴着六月二十三日的第一缕晨光,我们离开希奥岛的天然海港,继续往南进发。

海水清澈而安谧,无线电却预告了外海的强风。驶入莫拉莱达海峡北口时,气温不足两度。我们从蒂洛岛与马格达莱纳岛前经过,西边是瓜伊特卡、莱克耶克、查菲斯、卡劳、菲洛梅纳、霍纳霍克、特朗斯托、库普塔纳、梅尔乔以及成百上千个不知名的小岛,居于其上的海豹与海鸟漠然注视着我们的行进。

"六月七日那天我们也途经了这里,"尼尔森船长道,"我们定位到'日新丸'的无线脉冲序列,计算它就在附近,与我们仅隔几座海岛。日本人的船距岸边约一百海里,从此项数据看,局势对我们十分有利。要开进佩纳斯湾、找到鲸鱼的藏匿点,首先得拐向西边,继而转南,避过泰陶半岛周围的暗沙;而我们晓得一条近道——待会您就能瞧见——所以计划在梅西尔海峡北端埋伏,用'世界尽头'截住他们。可谷藤掌握的信息比我们想象的充分,他狡猾得就像只饿坏了的狐狸——到时您就知道我为什么这么说了——可在此之前,既然都到这儿了,我想给您看样东西,虽说和此行没太大关系。瞧见左手边那个绿点了吗?那是梅尔乔岛的北岸,与维多利亚岛仅一峡之隔,而那道宽仅数米、可航深度极浅的海峡通往肯特岛与德林岛以西的一片海湾,过去那里曾是海盗们的藏身地。我父亲曾探查过那儿,海图上那条水道的深度还源自他的测量。幽灵船'卡洛奇'的传说很有可能就出自那里,尽管那艘船原本还有另一个名字:'卡卡弗戈'。"

"'卡卡弗戈'?我头一回听说。"

"这不奇怪。它的首任船长名叫阿隆索·德·门德兹,只在位子上坐了三个礼拜就被他的继任者弗朗西斯·德雷克下令吊死在了桅杆上。"

"德雷克?那个海盗?"

"正是。弗朗西斯·德雷克爵士。一五七七年,德雷克带领一支由七艘双桅帆船组成的舰队横渡麦哲伦海峡,只有一艘名为'金鹿'的船挺了过来,载着德雷克一路向北,掠夺了不少智利的城镇,而后是秘鲁。来到卡亚俄[①]时,他有幸遇

---

① 卡亚俄省首府,秘鲁第一大海港和第二大渔港。

上了'卡卡弗戈'——一艘产自新大陆的货船,毫无防御能力,载重量却是一流,舱中装填着大量金银,多得令德雷克无法将其转移至'金鹿'上,再将那艘挂着西班牙国旗的宝船凿沉。

"摆在这位海盗面前的是个两难的窘境:要么拖着沉重的"卡卡弗戈"继续往北寻找新的战利品,尤其是弄两艘能装贵金属的好船来;要么将那条抢来的船交给某个绝对信得过的人。德雷克选择了后者,将威廉姆斯·奥巴瑞——一个嗜血成性、被汉萨同盟①悬赏捉拿的爱尔兰人任命为'卡卡弗戈'的船长。

"那是一五七七年冬,德雷克清楚不会再有哪艘西班牙船从南边过来,便赶往北方,期待能在瓜亚斯河入海口再撞上几艘。奥巴瑞与他手下的三十名水手得到的指令则是原地待命。

"在那个时代,能导致海盗哗变的只有两种理由:肚子太空,或是金子太多。在第二个理由的驱使下,爱尔兰人叛变了,于是年七月挟满船珍宝张帆南航。三个月里,奥巴瑞航

---

① 德意志北部城市之间形成的商业、政治联盟。

行了两千五百海里。十月，就在莱姆岛前，我们所在的这块区域附近，他遭遇了一场悍戾的暴风雨。

"过重的负载令他来不及躲去远海，只得选择前往梅尔乔岛、维多利亚岛和德林岛自然围成的海湾暂避。但愿他从未这么做，因为待风暴平息，奥巴瑞发现，唯一的出口竟堵着三艘西班牙军舰。赶往麦哲伦海峡的孤注一掷被他耽搁了太久。'卡卡弗戈'仅有两门大炮以及船员们的滑膛枪聊以自慰，而西班牙海军则炮筒密集、弹药充足。海盗们明白，等待他们的只可能是绞刑架。盲目乐观的奥巴瑞还在幻想用战利品换取宽恕，而他的手下怎会原谅这个懦夫？众人一同将他升上了那根曾吊死过倒霉的门德兹船长的主桅。

"入夜时，浓雾降临海湾，围困者们并未觉察到'卡卡弗戈'的脱逃企图。

"海盗们南行五海里，经维多利亚岛与德林岛之间一条极窄的通道来到如今被称作达尔文海峡的水域。海盗们都是出色的航海家，他们的舵手一定是个用手思考的家伙。想必雾几日未散，否则没法解释为什么那些围困者要到整整四天之后才在南方九十海里处的佩尼亚斯湾入海口（向来是这么叫的，直到某位来自英国的地图绘制员将 ñ 换成了

084

n①）发现了那艘逃亡的宝船。

"西班牙人本可在海湾内发动袭击（没有这么做的原因许是怕他们将船凿沉，吊死奥巴瑞的举动足以证明其宁死不屈）却放任他们驶入了自己并不熟悉的梅西尔水域。西班牙人从未对这些海峡产生兴趣，就像他们对世界之南的土地兴致缺缺一样，谁知他们是不是被岛上的那些妖魔怪谈给吓怕了。他们唯一一次关心此处是弗朗西斯科·德·托雷多②下令征服特拉帕南达那会儿，时至今日该词已成了不解之谜。而'在恺撒的某座失落之城有一笔假想的财富'竟是其仅有的动因。于是西班牙人任凭海盗开进了梅西尔海峡，只待饥饿与绝望逼他们重回外海。

"为保证不再失控，沿海巡逻分头进行：一艘船停在位于佩纳湾的海峡北口，另一艘去往南一百海里处的丁利海峡出口，最后一艘则傍靠在马德雷德迪奥斯岛与萨尔瓦西翁湾附近。

"谋划很周全。海盗们总得出来，若选择从水道驶过距离

---

① 原名为 Peñas，意为"岩石"，音译为"佩尼亚斯"，后更名为 Penas，意为"悲恸"，音译为"佩纳斯"。
② 西班牙贵族，第五任秘鲁总督。

麦哲伦海峡的五百海里，驻扎在萨尔瓦西翁湾前的那艘军舰就一定能发现并截停他们。

"等待持续了十四个月，'卡卡弗戈'全无生命迹象，又获四舰增援的西班牙人只得入峡搜寻。他们再未找到那艘船。没人知道'卡卡弗戈'是否抵达过远海，但无论是奥那人、雅甘人还是阿拉卡卢夫人都有数以百计的传说提到，为减轻载重，有白人将金子卸在了岛上，但刚清空底舱就发现又满了；更有不少岛民发誓，自己见过一艘行动迟缓的船，帆都碎成了布条，于迷雾中还能听见船员们乞求自由的哀号。

"我听说到现在还有某些海员，譬如沙伊顿港的巴斯克人老艾兹诺拉，会在艇上挂着象征豁免的三角旗，在终结奥巴瑞诅咒的同时，也将那些可怜的鬼魂从禁锢中解救。

"大抵'卡卡弗戈'就是'卡洛奇'吧。即便不是又怎样？这片海给幽灵船留出了太多空间……"

天快黑时，我们在维多利亚岛以东左拐，沿凯马达岛北边的梅蒂奥海峡驶入艾森大峡湾。

自峡湾向内四十海里，便能抵达查卡布科港以及巴塔哥尼亚的名城，艾森与科伊艾克的那些畜牧重镇，但"疯鸟"却在峡湾入口处的奥斯库拉靠了港。

老伙计用一锅美味的海鲜海藻大乱炖让我们恢复了元气。晚餐过后，尼尔森船长告诉我，要抵达"世界尽头"，我们还得开上一会儿。

"个把钟头吧。忘问了，您会不会骑马？"

"会是会，不过骑得不怎么样。"

"那没事，大概七十公里的山路吧，您也不用慌，屁股是人身上最结实的部分了。"

18

六月二十四日凌晨五时，我们离开奥斯库拉港，向南驶入科斯塔海峡。

一里宽的海道，不用操舵，走的几乎是直线。西边是特赖根岛，东边是冰封的哈德森山脉。

以辛普森岛为参照点再往南三十海里，我们沿艾莱方特斯峡湾东岸而入，穿梭在巍峨的冰雪之中，圣华伦泰山脉四千米高的孤寂被寒风削得更加锋利。峡湾中央，于驯顺的水流间轻柔舞动着的是数十条十字纹海豚——一种俊美的动物，暗色肌肤的两侧绘有银色的纹理。

它们游近"疯鸟",就像招呼着一位老友一样自然,以优雅的跳跃感谢着老伙计投去的鱼。长达两米的暗夜与白银之矢悬停空中,在船边潜了又起,用裹着琥珀色贝齿的小嘴吐露着无法解析的言语。

切乔先生轻摇船舵,让"疯鸟"更贴近崎岖而碧绿的西岸。我们于西斯凯兰半岛前驶过,再往南几海里便是圣拉斐尔湖不可逾越的霜雪之障。

寒气标志着永冰的存在,六十万公顷冰川始自艾莱方特斯峡湾南端。不到一个世纪前,这里还汇集着乔诺人、阿拉卡卢夫人、奥那人和奇洛埃人,他们屠宰搁浅的鲸鱼、交换兽皮、捕猎海豹与海象、用生死清算旧账;他们的海神不仅让处女受孕,也将幸福快乐的许诺注入姑娘小伙的心房。

一个英国人途经此地,望见他们,不得要领。他写道:"凄凉的荒野;统治这里的不是生命,倒像是死亡。"正因他对此全无概念,才像一个地道的英国人一样扯了谎。他叫查尔斯·达尔文。

"情况不太正常。"尼尔森船长说。

"十字纹海豚是外海动物,如今却躲进了峡湾里。尽管如此,它们还是很友好。大概发现我们没有敌意吧。谁知道呢。

有时我觉得，海豚比我们人类更敏感，也更聪明。它是唯一不接受等级观念的动物，是海中的无政府主义者。"

海豚仍在跳跃着，直至我们上陆。或许它们友好的天性盖过了求生的本能。

我们在一处由平坦岩石形成的天然码头靠岸。光顾着欣赏海豚表演的我没能注意到在岸边裹着厚重的卡斯蒂利亚斗篷等候我们的人。说实在的，小佩德罗很难被忽视，因为他太"大"了。

他上前问候尼尔森船长时，我得以确认了他的身高。

"这就是写东西那哥们儿？"

尼尔森互作介绍，巨人向我伸出了右手。

在了结了那锅用海藻、石莼和海带合炖的大补餐后，我们与切乔和老伙计作别。我想我将永远惦记老伙计悉心烹煮的菜肴，他无视大风与大浪，抑或将它们也收作了他的配料。

"疯鸟"启程北上，而小佩德罗将我们领向了那三匹口鼻喷火、无甚好气的多鬃瘦驽。他将星齿马刺与卡斯蒂利亚斗篷递给了我们，马队就此开拔。

天放晴了，我们纵览着此处美景：低矮的山川、淡水湖、小溪、树林、岩洞。"卡卡弗戈"的宝藏或许就藏匿其中。很快，夜幕降临，我们仍策马不停。头顶的星云在将泰陶半岛隔为两半的永不磨灭的障壁——圣华伦泰的冰川与冰墙中被无数次地复制、加倍。

泰陶半岛深入太平洋约八十海里，其西南端紧成一束，从地图上看好似笛嘴，向南美大陆吹出一个绿色的气泡——特雷斯蒙蒂斯半岛，又溅起些细小的飞沫——克罗斯莱特诸岛。

尽管气温只是零下两度，明澈的夜以及至近处圣昆廷积雪区寒风磨砺的冰针还是告诉我们，半岛另一边即是世界尽头的起始，在那儿，人类不过是妄图与任性而乖戾的元素之力抗衡的一个执念。马队的步速时疾时徐，为守住热量，裹着毛呢斗篷的我们从未想过停歇。凌晨时分，小佩德罗终于允许马匹小憩。

当三匹瘦马争抢着稀疏的霜草，小佩德罗为我们准备了脚夫的早餐：面包、水果干、马黛茶，在那时那地的我尝来有种至福的味道。

六月二十五日上午十一时，我们望见平和如镜的圣昆廷湾。从南边环抱着它的是附着于泰陶半岛之末的弗雷柳斯半岛。

两位骑手在马上一动不动地守候着我们。他们是艾兹诺拉兄弟，尼尔森之友，我们胯下之驹的主人。他们的父亲便是那位至今还在尝试为幽灵船的船员解除诅咒的巴斯克老水手。

两人将把马群赶回他们的挚爱之家：骑行二百五十公里，越过冰雪，翻过高山，直至抵达阿根廷边境上的科克伦湖岸。

同耽于静默的艾兹诺拉兄弟一起，我们踏过去往圣司提反湾的几千米。我们的快艇就在那儿，摇曳着，因启航的渴望而躁动不已。

19

"世界尽头"是一艘线条精致的小艇。我本以为它会是一艘英式快船，配有数张斜桁四角帆与适量的三角帆，不想它的横桁上只挂着一张独帆，外加支索上紧贴着的一张极小的辅帆。

船被漆成了绿色，不带一丝线头的木缝显示出填塞工的勤勉，全无废屑的龙骨在海湾的清水中历历可见。尼尔森船长把我请上了船。

长十二米、最大宽度四米的"世界尽头"可谓"节制"之丰碑。船舵距船尾仅一点五米，不设艏楼。船侧立着细细抛光过的铜制罗经基座，好像一位哨兵。牢牢绑扎在甲板上的两个绳圈指示着舵手在动荡的航行中所应站立的位置。

船尾悬挂的小艇能坐四人，几支短桨躺卧其中。透过距船头两米处的测程器舱口能窥探到"世界尽头"内部。

粗壮的桅杆经过了悉心打磨。滑轮等工具整齐地摆放在船头。船中央有一张桌子和两套床铺。一侧固定着无线电，而往船头方向依次排列着发动机、水泵和两个油桶。船舵结构通过两道上了胶的金属门直通龙骨。

我们别过艾兹诺拉兄弟，小佩德罗用长杆将船撑离了海岸。辅帆张开了，船窜了出去，我们就这样行进了几海里，笔直往南，当尼尔森船长升起三角帆时，我们已驶入了佩纳斯湾。

"您来掌舵吧，不用怕。我们已经很接近奥秘的终点，所以我得在海图上给您指指，好让您了解得更清楚些。论做菜，小佩德罗及不上老伙计，不过他的烤鳀鱼可是一绝。您有没吃过盐裹鳀鱼？您就边听着我的解说，边等着一饱口福吧。

"看见左舷那个点了吗？那是哈维尔岛，岛后便是契尔海峡与深入大陆二十海里的一系列峡湾。六月八日早晨，一股四十节的飓风自西南方袭来，打乱了我们的计划。它驶向佩纳斯湾中心，随后全速钻入梅西尔海峡北口。我们本想隐蔽在拜伦岛与胡安斯图文岛之间连接海峡与外海的西南水道，这样就能轻松截住日本人，但可恶的妖风越吹越猛，我们只能被迫到契尔海峡寻求庇护。

"临到中午时，湾中的浪头已经有三米高，谷藤船长显然小看了此地的名字。狂风巨浪中，日本人也只得想法避难，我们见'日新丸'出现在契尔海峡南端。

"双方只隔半海里。我们能清晰分辨出'日新丸'的轮廓，而对方只能看见我们的一部分。天色渐暗，他们再也无法定位我们，便想到利用蓬塔阿雷纳斯港务局的无线电台进行查找。报务员操着一口粗糙的西班牙语问我们是否有难，我们回答说没有，我们是捞海贝的，只是恰巧遇到了暴风雨。又过了很长一段时间，有人再度联系我们，称自己是一艘海军军舰，我们已处于军方管制区，必须向北驶离。我们回复明白。一整夜，我们眼看'日新丸'闪亮在南方的地平线。

"天亮时，风弱了些，但其本质未变，仍在向北吹。梅西尔海峡将风压制成仇恨的气柱射向了我们。为撤离该处，我们贴哈维尔岛北岸而行，几次从海浪边切过，来到海湾西端。过了安妮塔角，有太平洋自西向东北的良风相助，我们全速沿对角线斜穿海湾，为此差点扭断船舵，自知我们距'日新丸'尚领先几海里。可当我们抵达梅西尔海峡近前、距其北端仅三十海里时，该死的风又将我们抛向了海峡之口——一处峡湾迷宫的进口，凿入大陆达一百海里，峡湾间仅靠窄道相连，地形极少有人了解，我父亲便是其中之一，而小佩德罗闭着眼都能在那儿行船。于是我们停泊下来。除了等待强风停息我们也做不了什么。此地距梅西尔海峡北口约二十海里。

"只见'日新丸'出现在佩纳斯湾中央，直指海峡，马力全开。我们无法与之竞速，只能眼睁睁看它绕拉雷纳斯半岛驶入峡口。

"谷藤很清楚他的标的和路线。他会先沿梅西尔海峡南行十五海里，再经斯威特海峡往西南航行三十五海里，待驶入贝克海峡后，再直线向东二十海里，便能开抵由维德诺、阿尔伯托、梅里诺加帕诸岛与南美大陆合抱的无名海湾。那里分布着逾五十道峡湾，巨头鲸群就藏身其中。

"我们收起船帆,以马达驶入海峡之口。

"头段航程不难,最初的四十海里,'世界尽头'灵巧地躲闪着拐角与礁石,但随之而来的就是海草滩,桨翼随时随地都有罢工的危险。但即便这样,黄昏时分,我们还是赶到了位于阿尔伯托岛和梅里诺加帕岛之间的特洛伊海峡入口,我们与'日新丸'在无名海湾重逢了。

"光线很暗,但已足够我们见证谷藤船长的捕猎流派。您听说过澳大利亚式猎马吗?简单得很:在直升机上寻找马群的同时,等待夜幕降临,用强光令它们恐慌跑圈,而后从空中射击它们。

"所以谷藤才在科尔科瓦多湾恭候那架直升机。到了无名海湾,他便能用机关枪射杀那些因好奇而被探照灯引来的鲸。

"直到天明,日本人仍在将死去的鲸运上船舷。我见他们一头接一头地吊起了近二十头,由于他们整晚未休,因此实际猎杀的数字已无从得知。海湾的水散发着血腥的恶臭,放眼四处都漂浮着皮肉的残片。

"我感觉一段漫长的旅途已进入尾声,再没有更卑劣的行径可供我观赏。我想让小佩德罗下船,而后独自驾驶'世界尽头'往'日新丸'的设备舱撞去。这船上有五百升柴油,足够做成一个优秀的燃烧瓶。佩德罗读出了我的念头,他又一次像陌生人一样对我说:'别,主子。这片海我比你熟。'他将船尾的小艇放了下去。

"只见他朝'日新丸'划去,刚到船下,水手们便向他扔垃圾和罐头——佩德罗碰都没碰就将它们还了回去。于是日本人又对他喷射水柱,边喷边笑,而佩德罗则专心平衡着小艇避免它倾覆。

"我不知道也没法想象他在那种情况下(船员们甚至朝他身上尿尿)是如何继续紧贴'日新丸'的。于此之后发生的事,您明天就能见到。不过想想,到现在还不告诉你的话,那也太蠢了。

"某时某刻,又有两条水龙加入到戏弄之中。眼看佩德罗就要失去平衡,一头领航鲸的背脊自艇边浮现,小心将他推离了那艘日本船。而后,在一声足以刺穿鼓膜的尖利召唤下(谁都不曾在海中听过),三十头、五十头、一百头……数不胜数的鲸与海豚迅疾游向岸边,又以更快的速度转回,用自己的头颅撞向了'日新丸'。

"全然不顾一轮猛攻中有多少同伴因颅骨迸裂而死,鲸群只是重复着对'日新丸'的冲击,将它顶向岸边,让它濒临搁浅。见船与岩礁已在咫尺之遥，众人一片恐慌。几名狗急跳墙的水手试图将救生艇放下，哪知它们还未触水就已被鲸尾拍碎。我又见有些人在撞击中失足落水。船上忽就起了火，直升机在船尾甲板上燃烧。谷藤下令全速撤退，已顾不及那些尚在水中翻腾、被鲸豚无情搅打着的海员的安危。

"您敢信吗？这的确耸人听闻，但明天您就能亲眼见到那片战场与尸骸。我想提醒您，这故事固然神奇，但同样令人难以置信的还有，鲸群在'日新丸'就要触礁的一刹那放走了它，而在将小艇连同佩德罗推回'世界尽头'时却连蹭都没有蹭它一下。

"现在还是换回我掌舵吧。您知道您干得还不错吗？您并没有用双手来管束，而是在感受它。这便是一个好舵手的秘诀。准备享福吧。小佩德罗的鳗鱼好了。"

20

那晚，我们在贝克海峡入口下锚，我怎么都无法入眠。这辈子读过的所有海上故事一起涌进我的脑海，与尼尔森船长的讲述混作一团。

我将自己层层包裹，登上甲板。奇幻的南地冬夜无可比拟，万千星辰仿佛触手可及，标志着极地边界的南十字星将我不曾认识的感动、力量与信念填满了我的心。我终于感到自己同样属于某处。我终于感到比部族的邀约（人们总会听到、自信听到抑或自我编造出那样的东西来作为孤独的缓和剂）更强大的召唤。在那儿，在那汪安详却从不平静的大海之中，在那头绷紧肌肉预备拥抱南极的无声巨兽之上，在那片见证了人类存在之脆弱与短暂的星湖之下，我终于明白，那是我的家，虽说我已与它别离多年，却一直将那暴戾而可畏的、酝酿着所有神迹与所有灾祸的平和携带于心。

那晚，我坐在"世界尽头"的甲板上，不自觉地哭了起来。并非为了鲸。

我哭，是因为我到家了。

六月二十六日清晨，万里无云，气温突降至零下八度。

无名海湾中波澜不惊。仅靠辅帆航行的"世界尽头"在水面犁开一道浅浅的疤。

忽然，小佩德罗摇了摇我的肩，指向右舷浮现的一具庞大身躯。我首次观赏到巨头鲸强有力的跳跃。

六米长的身子滞留空中，自右方下潜，于数分钟后又出现在左舷，继续它超凡的体操表演。两小时的行程里，巨头鲸一路护航，直至我们抵达尼尔森的"战场"。

海上仍漂着昏黑的皮囊、几米长的布条、被蹿上水面的鱼类竞食的遇难者的遗骨。

来自巴塔哥尼亚草原、于阿尔伯托岛沿岸集结的数千只贪婪的海鸟已将剩肉蚕食殆尽。我们清楚的是，大骨属于鲸，而那些小的，若非海豚，只能是"日新丸"的倒霉水手的了。

我想起我带了相机，便询问尼尔森船长。他疲顿地答道："自己定吧。"

小佩德罗在看我，我刚发现这位巨人有双湛蓝的眼睛。他回望着那片满覆尸骸的海，无限的痛苦将他的面容占据。我收起相机。

"佩德罗，您知道为什么那些鲸之前不选择自卫，之后又来帮您吗？"

佩德罗的双眼仍盯着大海："主子告诉过您吧，我是阿拉卡卢夫人，生在海里的我自然知道，有些事无法解释，是就是是，谈不上为什么。我们族人（也不剩几个了）有言道，鲸不懂得自卫，却是唯一有怜悯之心的动物。我放下小艇朝捕鲸船划去时，我已知道船员会袭击我，而那些鲸见我全无防备、被一头大我许多的动物欺凌，一定会毫不犹豫地赶来救助。确实如此。它们在同情我。"

"剩下的鲸怎么样了？"

"都走了。送我们过来的是一头负责探查的雄鲸，它们会去寻找其他的海湾、更靠南边的峡湾，不停往南，直到世界终结于它们眼前。"小佩德罗轻转船舵。

"好了，您都看见了。任您发挥吧。"尼尔森船长说，随之又补充道："别忘了提一句'世界尽头'，一艘尝过冒险滋味的船会同样乐于在纸上远航，同样爱上那片墨水之海。"

尾 声

七月六日，我们返回汉堡。之所以说"我们"是因为同行的还有萨丽塔。

她一条腿敷着石膏，腹部缠着绷带，在飞机上还不停问我，我在海峡里都见到了什么。

飞速返航的"世界尽头"于艾森峡湾深处的查卡布科港将我们搁下。萨丽塔就在那儿安歇，在尼尔森的朋友照料下免受任何威胁。

他们先将我们从查卡布科送到了科伊艾克，而后是毗邻阿根廷边境的巴尔马塞达。从那儿，我们搭乘班机前往圣地亚哥。

与尼尔森船长、小佩德罗和"世界尽头"仅仅告别了几天，当我飞行在南锥①之上，他们仿佛距离我千里之远。

---

① 指南美洲位于南回归线以南的地区。一般包括阿根廷、智利和乌拉圭三国。

"船长，接下来您准备干些什么呢？"

"只要'世界尽头'还能浮在水面上，就能航行吧。告诉绿色和平组织，它永远听候调遣。这船真挺不错的。"

"还拥有最好的船员。"

"您能想到的它都能做到，佩德罗，是不是？"

"船长，我们真不知能不能再见了，我也不知道我会不会就这次的见闻写点什么。离开汉堡前，绿色和平的人给了我这面旗，上头是他们组织的标志，我觉得挂在'世界尽头'上还挺配的。"

"谢了。我们也有件礼物要给您，唔，给您儿子吧。他不是想要个倾听大海的海螺吗？"

"船长……佩德罗……"

"一路顺风……"

圣地亚哥，布宜诺斯艾利斯，里约热内卢。白沫覆盖的大西洋。

"来嘛，假汉堡人，跟我说说你在想啥。"

"在想送你去哪家诊所。瞧吧，过两天你就能打网球了，我们得灌你几升啤酒才合适呢。"

"你不会去写这件事的吧？它会成为你心中的秘密。你看到的一切都在告诉你，你属于那儿，而'属于那儿'就意味着选择沉默。"

"我也不清楚我会不会写。但我一定会给你、给绿色和平、给我的合伙人们讲一个故事，只讲一遍，信不信由你。我想起尼尔森船长的话，他在谈起自己的一生时，曾将一艘业已消失的船看成是最接近他祖国的地方……"

二十小时后，欧洲。

萨丽塔安稳地睡着，这里没有危险。我想象着与孩子们的重逢，想象着大儿子会以怎样的表情接过尼尔森和小佩德罗赠送的那只美丽的海螺。

那是只似鲍罗螺，一种只存在于南方海域的巨型软体动物。我将它从包中掏出，贴在耳边。是的，无疑，那是只属于我的大海的激荡回声，只属于我的大海的凄涩巨响，只属于我的大海的永怆调音。

也许是想到了自己的儿子，我转而注意起与我同排、仅隔一条走道的男孩。他十三四岁，正无比专注地阅读着，因剧情之焦灼而眉头紧蹙。

我像个无礼的好事者般凑了过去，瞧了瞧书的封面。

那孩子读的是《白鲸》。

忧郁杀手的日记

张力 译

糟糕的一天

今天一开始就不顺，不是我迷信，我就是觉得像今天这样的日子里什么活儿都不该接，哪怕它的报酬是免税的七位数巨款。今天一天都不顺，晚上六点半我飞抵马德里，天气奇热无比。在去威斯汀皇宫酒店的路上，出租车司机一路喋喋不休地和我唠叨着欧洲杯。我真想一枪顶在他的脖子上让他闭嘴，可惜我什么武器也没带，况且一名职业杀手是不屑于射杀一个白痴的，管他是干什么的。

在酒店大堂，我拿到了房间钥匙和一个信封。信封里有一张照片，照片中的六个家伙衣冠楚楚，都在三十到四十岁之间，看上去没有什么差别，唯一特殊的是其中一个人头部被记号笔圈了出来。这就是我的目标，我对这家伙没有好感。照片下还有一行文字："非政府组织第三次会晤"。对此我亦无好感。我一向不喜欢慈善家，眼前这家伙看上去就像是搞现代慈善活动的。最起码的职业操守禁止我追问要被清除的对象是干什么的,但看着照片我还是不禁感到好奇,这可真让我有点恼火。信封中只有这一张照片,常规如此。我应该熟悉这张面孔,观察细节查找目标的优缺点。人的面孔是不会说谎的,它就像一张独一无二的地图,记录下了人们走过的千山万水。

我正要掏小费给帮我搬行李的门童,这时电话响了。我一听声音便认出那是我的上线——给我派活的人。我从来没有见过他,因为道上的规矩我也不想见他,但是他的声音我一听就能认出来。

他问候我说:"你旅途愉快吗?信封收到了没有?很抱歉让你的假期泡汤了。"

"旅途还好,信封收到,至于假期嘛,你就算了吧。"

"明天你还要上路,"他继续说,"好好休息一下。"

"知道了。"说完我就挂了电话。

我躺在床上,看了看手表。有一架从墨西哥出发的飞机还有五小时才会落地,上面载着我的姑娘,多么可笑的称呼啊!我想象着她被韦拉克鲁斯①的太阳晒黑了的模样。我答应

---

① 墨西哥港口城市,濒墨西哥湾。

过她，在我回巴黎之前要与她在马德里共度一周。这一周我们打算去书店，参观博物馆，总之都是她喜欢做的事情；而我呢，只好强忍着哈欠陪着我的姑娘——实在是可笑的称呼，我已被她洗脑了。

职业杀手应该独居。要想放松，大街上到处都是妓女。我曾经一直恪守这条远离女人的准则，直到认识了她。

那是在巴黎圣米歇尔大道的一家咖啡馆里，当时所有的桌子都有人了，她问我是否能坐在我的桌子旁喝杯咖啡。她放下背着的一摞书，点了一杯咖啡和一杯水，拿起一本书就用记号笔在上面写写画画。起初她的出现并没有影响我，我继续翻看赛马的赛程安排。

突然，她冷不丁地问我借火。我递给她打火机，她自己点火。这女孩想搞点事情。有那么一种女人，她们不用说话也可以示爱。

我问她："你多大了？"

"二十四。"她回答，樱桃红唇一张一合。

"我四十二。"看着她的杏眼，我坦白地告诉她。

"你很年轻。"她没说真话。她边抽烟边整理头发，表情散发出无限欲火。她的头发是深栗色的，柔顺丝滑，如瀑布般盈润闪亮。

"先吃饭还是先做爱？"我边说边叫服务员埋单。

"你愿意怎么样都行。"她回答的时候依然专注地看着书。

我们离开咖啡馆，走进沿路遇见的第一家宾馆。我印象中从未接触过这么没经验的女孩，她什么都不懂，但是她愿意学。她学了很多，结果我破了最基本的规矩——孤独，我成了一个有伴侣的杀手。

她想要当个翻译，就像所有的知识女性一样，单纯地可以轻信任何故事。就这样我轻而易举地就让她相信我是一家航空公司的负责人，所以我经常旅行。

我们在一起三年了。她很快就出落成了一个完完全全的女人：臀部丰盈了，眼神狡黠了，她明白了快感源于要求，喜欢上了绫罗绸缎、高档香水、名牌珠宝，出入高档饭店。她一下子从小姑娘变成了一个极品。

渐渐地，我打破了安全防范的许多条规矩，我没能抵挡住寂寞，无法做到隐姓埋名、默默无闻，没能只当一个无声的影子。于是，我每天上午必去接活的那个地方，这就像是我的办公室，而下午和晚上我和我的姑娘一起待在公寓里。

那简直是个声色犬马之地，她的朋友们经常出入派对。这三年里我在亚洲和美洲完成过几次任务，我觉得自己的职业技艺更高一筹了，因为我要速战速决，最快地回到她身边。如我所说，我被她洗脑了。

晚上九点左右，我决定到酒店外面找个地方吃点东西，喝两杯金汤力。我知道把她一人搁在马德里她肯定不会乐意的。在这之前，我要去莫斯科完成一项任务，为此我已经在墨西哥陪了她一个月。有几个俄罗斯人冒犯了哥伦比亚卡里贩毒集团的某个老大，这位老大就雇我去提醒一下这些俄罗斯人：他们不过是业余毒贩而已。不，把她一人搁在马德里她肯定不会乐意的。总之，我得先和她亲热够了再和她说。

我在一家加利西亚风味的饭馆里享受了一顿海鲜大餐，之后在普拉多博物馆附近散步。我不应该去想照片里的那个家伙，但是我无法将他从脑海中驱除。我甚至不知道他的名字和国籍，但我直觉感到他是拉美人，而且不管是福是祸，我与他越来越接近了。

"这家伙和其他目标一样，没什么特别。他一断气，就意味着我收到一张免税的七位数支票，你就别再犯傻啦！"我边想边走进一家酒吧。

我坐在吧台旁，要了一杯金汤力，坐下来看看电视让头脑清醒一下。屏幕上一个样子蠢笨的胖女人在接听一些笨蛋听众的来电，然后开始摇动抽奖箱。开奖倒是比那些参加抽奖的蠢货看着有意思一些。过了一会儿，屏幕上充斥着身着迷你裙的姑娘们，这一下子让我又想起了我的姑娘。还有不到两个小时，我的法国小尤物搭乘航班就要着陆了。我们说好了，凌晨两点半我在酒店等她。我不去机场接她是因为有一条行规：尽量避免去国际机场。虽然被认出来的可能性微乎其微，但是如诅咒般的墨菲定律让我们这一行的人不敢掉以轻心。

看着电视，我猛灌了两杯金汤力后离开了酒吧。摇奖的胖女人仍然未能让我忘记照片上的家伙。我这是见什么鬼了？恍惚间我仿佛看见自己在质问我的上线："我想知道我为什么要杀他。真是可笑，唯一的原因居然是一张七位数的支票。"我肯定我以前从来没有见过他。即便如此，这也无济于事。有一次，我甚至对自己要清除的目标感到些许欣赏。他见到我后，随即明白已经无路可逃了。他问："我的大限已到，是吧？"

"是的。你犯了一个错误，你自己知道的。"

"陪我最后喝一杯，好吗？"

"悉听尊便。"

他倒了两杯威士忌，我们碰杯，他喝完后就闭上了眼睛。这是一个值得尊敬的人，我用一颗子弹非常艰难地将他从活人名单中抹去。

照片上那个家伙关我屁事！看上去他是为某个非政府组织服务的，但清除他肯定是另有原因。没有任何一个非政府组织雇得起职业杀手，我想这不可能是清理门户。

回酒店的路上我的心情很糟糕。夜晚依然炎热，想到我的极品女友才让我精神有些许振奋。至少她不讨厌韦拉克鲁斯的炎热。她喜欢我热吻她的脖子，现在她晒得黢黑，我要热吻她的全身。我自言自语道："哼，你总算做回正常男人了。"

在酒店大堂我取回房间钥匙，同时发现又有我的一封信。我有一丝不祥的感觉。我的上线从来没有给过我任何书面指示。回到房间后，我从迷你吧里取出一瓶啤酒，打开了信封。这是我的法国姑娘从墨西哥发来的传真：

"你不要等我了。我很抱歉，但是我不去马德里了。我认识了一个人,他让我以一种全新的方式了解了世界。我爱你,我想我坠入爱河了。我回巴黎之前还要在墨西哥待两周。等回到巴黎我们再谈谈这一切吧。我多想永远和他在一起啊,但是为了你,我要回去,因为我爱你,我们必须谈谈。吻你。"

规则一,保持单身,想放松就找妓女。我让酒店给我的房间送来了一份当天的报纸,在广告页中寻找"放松"版块。半小时后有人敲门,我去开门,来的是一个加勒比风情的黑白混血女孩。

"先付三万比塞塔,亲爱的。"她倚在迷你吧前说道。

"这是十万,如果你表现好的话。"

"我表现一向出色,帅哥。"她有一张猩红的大嘴。

她的确做到了。三次之后,海鲜大餐仿佛消化殆尽。她边穿衣服边说:"帅哥,你刚才也不说话。和我说话会让我兴奋,而且最好是粗话。你总这样吗?"

我回答说:"不,但是我今天很不顺。糟透了的一天。狗屎的一天。"事实的确如此,受诅咒的事实。

混血女孩离开时带走了十万比塞塔和加勒比的清风。我打电话给酒吧，让他们送一瓶威士忌上来。

就这样，我对着照片上的目标人物自言自语地度过了那糟糕的一天的夜晚，虽然我冲动地想要把自己灌醉，但我居然连酒瓶都没有打开。就算我被戴了绿帽子，职业杀手毕竟是职业杀手。

一位讲忠贞的杀手

"我不知道你干了什么事，但是你要倒霉了，老兄。不过你要是知道会有另一个和你一样倒霉的人送你上路，或许会感到安慰些。最有意思的是，我竟然有点嫉妒你，因为对你来说，当我的子弹穿过你的身体时，一切都将结束。而我呢，老兄，我还得继续苟活。"

我喃喃自语，思忖着照片上的那个家伙会是个什么样的人，此时电话铃声打断了我的思路。接电话之前我先走到窗前，打开窗户，让积攒了一夜的满屋子烟味散一散。天已经亮了，像往常一样，马德里的太阳照得人睁不开眼睛。

"睡得好吗？"上线问候道。

"找我有事？"我回答。

"出娄子了，很多娄子，太多了。"他叹息道。

"你在给我添麻烦。你知道的,今天我应该出发了。"我提醒他。

"当然。但是你先得去宾馆的酒吧和一个送信人接头。他会在十点整到那儿,带着太阳旅行社的标志。正如咱们之前说好的,你是这家旅行社的经理。十点一刻我再打给你。"

"嗯。"

我没有再多说一句话。我看了看表,现在是上午九点,我走进浴室,在冰冷的水柱下冲了很久。

"好吧,这一天总会来的。她年纪轻轻,而你越来越力不从心。混蛋,你有什么好痛苦的?你把她变成了一个女人、一个极品!你就别抱怨了。"镜中和我长得一模一样的一个家伙对我说。

"我没抱怨。我知道我输了,但我就是接受不了不忠。"我边回答边和镜子里的家伙一起涂剃须膏。

"一个讲忠贞的杀手。你真是个蠢猪。"他拿起一把与我一样的剃须刀。

十点整,我出现在宾馆酒吧,点了一份鸡肉三明治和一瓶啤酒。送信人是个十八九岁的小伙子,他准时到达,穿着打扮模仿米格尔·安杜兰①的风格。他高高地举着太阳旅行社的标志，仿佛那是环法自行车赛的奖牌似的。

他递给我一个信封，我举手致谢，并付给他一千比塞塔小费。我带着三明治、啤酒和信封回到了房间。

趁着等待上线电话的时候，我打开了信封。里面装了五张照片，全都是我昨晚一夜自言自语的那个家伙。第一张照片中，他正走下一辆利马牌照的蓝色奔驰。他的头发是栗色的，或者是半金黄色的，比我先前看的那张照片要长得多。第二张照片，他正要挥杆打高尔夫。一个小个子球童正向他指着远处的某个东西，不过照片的背景是森林，并没有提供更多的信息。第三张照片中，他正要走进一栋房子，凭直觉我认为那是在南美或者墨西哥。门楣上有一行字，但是照片上只能依稀辨别出"生活"这个词。第四张照片与我昨天收到的照片几乎如出一辙，一样的桌子，但是周围的人不一样，不一样的还有照片下的一行字：非政府组织第二次会晤。在最后一张照片中我费了很大工夫才认出他来，因为他把头发

---

① 米格尔·安杜兰（1964— ），西班牙公路自行车赛选手，曾在20世纪90年代5次夺得环法自行车赛总排位第一。

染黑了，还蓄了大胡子。照片中的某种东西让我不安，我走到窗户旁更仔细地观察照片。他去过的地方我一眼就能认出来，那正是墨西哥城。因为有一张照片拍到他正经过孔德萨区的钟摆书店门前。然而吸引我注意的并不是这些，而是他腰间的鼓囊显得非常嚣张。这家伙穿着橙色T恤和牛仔裤，要么是他那玩意儿长得必须得拴在腰间，要么就是他衣服底下藏着一把枪。这时电话响了。

"照片收到了吧？"上线问。

"是的，我觉得足够充分。"我说。

"雇主希望这是一次完美的行动，而且要轰动。"他强调。

"没问题。我什么时候出发？"

"你还得等两天，因为我们现在还差最重要的材料。"

"好吧。我今天回巴黎，你打那里找我。"说完我挂了电话。

看来这家伙躲起来了。"我们现在还差最重要的材料。"该死的，他躲到哪里去了？雇主想要他的死轰动！哼，这类活儿我可不乐意接。上一次接类似的活儿是在洛杉矶干掉一个赖账的家伙。为了潜入他家我先干掉了两个保镖，给我的报酬里可没有算上这部分工作。捆好目标人物后，我在他胸前挂了一颗假的炸弹，然后我给警察、火警和急救医生都打了电话，临走时我冲他左腿开了七枪。结果所有人因为害怕炸弹都不敢靠近，最后他在求救声中流血身亡。

照片里这哥们，哼！看来他的罪过大了。我的上线只有在一切妥当的时候才会给我来电，因为我的工作就是到指定地方干掉目标，然后离开。追寻踪迹、确定方位是私家侦探的活。

一张照片在秘鲁，另一张在墨西哥。这很容易让人联想到是毒品的勾当，而且只要目标不是个超级重要的人物，这类问题一般都由职业杀手解决。"嘿嘿，老兄，"我看着照片说，"你到底在墨西哥和秘鲁丢失了什么？或者应该问，你在那两个地方发现了什么？你在非政府组织的两次会议中充当慈善家又是什么意思？或许，等那一刻到来的时候，你就能告诉我了。我想我们有的是时间进行一次有趣的对话。"

在大堂结账的时候，服务员突然告诉我有人打电话找我。电话间里热得像桑拿房，而当我听出是我的法国女友打来时，我更觉得燥热。

"你好吗？"她的口气中透出一股不确定。

"在出汗呢。"我回答。

"你睡得好吗?"她接着问,这次显得很担心。

"当然了。一个加勒比姑娘从我这里挣了十万比塞塔和半升精液。这比吃安定强。"我冷冰冰地告诉她。

"这三天我都没合眼。"她抽泣着断断续续地说。

"我很难过。我没法和你在电话里做爱,但问题在你这里。你可以拿着你的美国运通卡去找一个墨西哥男妓。"说完我挂上了电话,但是就在听筒放回电话的瞬间,我听见了她没能忍住的哭声,她在说:"亲爱的,请你听我说。"那声响就如同汗水一样,紧紧地贴在我身上。

马德里的出租车司机大多是啰嗦鬼,在去机场的路上我不幸又碰上了一个。

"您喜欢斗牛吗?"他挑起话题。

"要看是怎么烤着吃了。"我回答。

"天哪,我说的是斗牛活动、斗牛士什么的,您明白了吧?"

"我说的是牛鞭、烧烤,您明白吗?"

看来他是明白了,在夸赞了众多女性为之疯狂地扔内衣的某个斗牛士之后,他就变换了话题。他抱怨摩尔人、黑人、吉卜赛人、南美人,总之只要不是欧洲人,都是令人生厌的人种。又一次，我真后悔手边没有一把点四五口径的枪。

在机场办理了登机手续后，我去卫生间换衬衣。一个瘦小的服务员默不作声地递给我纸巾，在镜子里那个和我长相一样的家伙也在用纸巾擦脸。

"不至于吧。"镜子里的家伙说。

"我不知道你在说什么。"我回答。

"您说什么？"递毛巾的瘦小个子问。

"没什么，我不是和你说话。"我推开了他。

"你看见你自己什么状态了吗？放松点。像她那样的小姑娘多得是。你要镇静一点，还有很多时间。托运完你的行李去喝两杯金汤力吧。"镜中人如是劝我。

我接受了他的建议。

我一般都会接受他的建议，特别是与我的职业有关的建议。我还记得二十世纪八十年代中期的时候，我接了一个任务。我要去德克萨斯干掉一个奥斯丁的工业家。这家伙非常狡猾，上下班的路上他有一套最好的安全措施：他乘小孩子的校车，坐在孩子们中间。德州的媒体夸赞他是一个放弃豪车、甘愿资助校车的慈善家。他们不知道的是这个狗娘养的其实是在利用孩子做肉盾。

"我不想伤害一个孩子,但是我只能在路上下手,因为他办公室内的安保滴水不漏。"我对镜子兄说。

"哥们儿,用用脑子。你的目标是个美国佬、爱国分子。你明白了吗?"

"不用再说了。我不喜欢你像个圣贤似的和我说话。"

"七月四日快到了,你的目标绝不会错过这样一个独立日庆祝的机会。就在这时候动手。"

就在这时候动手。私家侦探已经查明,这个美国佬准备在国庆日前一天大肆庆祝一番。于是我七月三日开始行动。我化妆成七个小矮人中的糊涂虫,混在一群大灰狼、唐老鸭、米老鼠之类的卡通人物中,边等校车边分发着星条旗、糖果和麦当劳的优惠券。

校车准点到站,车窗内探出的面孔离我们越来越近。两个保镖保护下的美国佬或许还没搞清楚这里怎么这么热闹,我一看见他就出手了:两米多的距离之内,我射中他一颗"开花弹"。在孩子们的尖叫声中,消音器处理过的爆炸声听上去像是一声喘息,随即这个家伙胸前炸开了一个洞,倒在地上,脑浆都从耳朵里流了出来。这次的活儿干得很漂亮,但是我厌恶"开花弹",因为它伤枪膛。

我喝第二杯金汤力的时候,无意中瞟了一眼邻座顾客的报纸。他在看一份土耳其日报,我一个字也看不懂,但是我的目标赫然出现在报纸中的一张照片上,他在一大群人的簇拥下微笑。

"您会讲英语吗?"我问报纸的主人。

"英语、西班牙语、法语和德语。这年头卖地毯可真是不容易。"他说话的时候浓密的大胡子在舞动。

"这个人,从左数第三个,是我的一个老朋友。您能告诉我照片下的题注是什么吗?"

"说的是这群人参加建筑大会。中心主题是大都市与移民问题。昨天开幕,三天后结束。就这些。"

"大会在哪里举行?"

"在伊斯坦布尔,一座美丽的城市。我是那儿的人。"卖地毯的告诉我。

几分钟后我的上线意外接到我的电话:"在伊斯坦布尔?你确定吗?"

"在参加一个建筑大会,三天后结束。"

"你在机场等着,一个小时后给我来电。"

我听从安排。有好几次我听见广播喊我的名字,催我登机,我的行李就要随飞机运走了。我想象着行李在巴黎机场的传输带上不停地打转、无人认领的情景。与此同时,我等待着飞往伊斯坦布尔的航班起飞,载我去寻找我要干掉的目标。

相遇伊斯坦布尔

每个国家的首都都会有一个喜来登酒店,而且都是一样的。大堂服务台都像是从一个模子里刻出来的,总是问同样的问题:"先生有预定吗?"

我预定了。我的上线在这方面很讲究,只不过和往常一样,在喜来登里给我订的都是最便宜的房间。我不是来伊斯坦布尔旅游的,我是来了解我的目标的。

"我不愿意承认,但不得不说很难搞到武器。"上线告诉我。

"如果我能搞到,可以动手吗?"我问他。

"你别在那边买。雇主希望用国产货。"他说。

虽然我是一名出色的职业杀手,但听了他的话还是感到一阵轻松。我不准备在伊斯坦布尔动手,我不了解这座城市。自打我离开机场,一路上的土耳其军警让我觉得不安。他们反复打量任何一个他们觉得会是库尔德的人,或是与库尔德有关的人。看来很难在土耳其搞到称手的武器。

这些活见鬼的出租车司机从哪里冒出来的?送我从酒店到会展中心的那个家伙胡须长得像自行车脚蹬。我屁股刚沾上铺着塑料布的坐垫,他就把我变成了他宣传教义的靶子。他憎恨大街上那么多女人穿着超短裙走来走去,憎恨百加得朗姆酒和香烟的广告。末了,他请我不要生气,因为他还讨厌外国人,外国人只会破坏他们民族的习惯。车开到会展中心的时候,他正在"问候"国父凯末尔的母亲。我付车费的时候,向他郑重承诺一定会尊重那些职业的性工作者,并且绝不会随意把谁都当成混账王八蛋。这个家伙用一句更粗鲁的脏话回敬了我。

我要干掉的目标真是个有意思的人物。在《大都市与移民问题》的会议册中有他的照片、姓名和简历。他叫维克多·穆西卡,就算他叫这个名字吧。他的简历更有趣,据介绍他是非政府组织的一位先锋人物,墨西哥人,一九五九年出生在哈利斯科州的瓜达拉哈拉市。也就是说他今年三十六岁,英年早逝啊。

在会议中心的咖啡馆里,我离他不到两米远。在那里下手本是件轻而易举的事，但是我不能也不该这么做。雇主要求这个人要在拉美咽下最后一口气，也就是说从格兰德河至合恩角之间任何地方都可以。他正在和一群以钦佩目光注视着他的人谈话。他时而说英语，时而说德语，时而又说法语和葡萄牙语。一位讲英语的女士请他唱支歌。起初他没有答应，但是在女士的坚持下，他闭上眼睛，用动听的嗓音唱起了一支墨西哥民歌：

> 她本想留下来，
> 当看见我的悲伤，
> 但一切已经注定，
> 就在那个晚上，
> 她失去了爱情……

这个墨西哥佬唱得不错，至少听上去像那么回事。他镇定自若，俨然见惯了这种场面，或者说他在床上一定没有寂寞过。

"很好，小子。你要在地图上抹掉一个可爱的家伙了。"我自言自语。我觉得自己很可笑，因为我又一次好奇地想知道为什么要干掉他。

> 在酩酊大醉中，
> 我想要找回负心人，
> 但是那杯龙舌兰酒
> 和那些玛利亚奇①乐曲
> 让我潸然泪下……

他唱完了歌也没有立刻睁开眼睛，仿佛那首民歌唱出了他内心深处某种不可言喻的情感。一阵短暂的寂静之后是周围听众热烈的掌声，我的法国极品女友的形象充斥着我的脑海。她就在墨西哥，或许正在加利巴迪广场②倾听玛利亚奇乐队如泣如诉的歌声。玛利亚奇乐队真是可恶，把天真的女友带到那里的家伙更可恶！要知道，几支忧伤的墨西哥民歌唱下来，没有谁能够抗拒。

---

① 又称墨西哥流浪音乐，是墨西哥的民间音乐，被称为墨西哥的"国粹"。
② 位于墨西哥城，在那里可以品尝墨西哥地道的龙舌兰酒，聆听玛利亚奇乐曲。

"我真搞不懂你。你是来观察你的行动目标的,你要把他的情况摸透,可是你差点为了一首愚蠢的情歌落泪。你还真是够专业的啊!"镜中人穿着和我一样的外套。

"你别添乱了。你知道我从来都能完成任务的。"

"希望如此。你现在打算怎么办?找一本科林·特利亚多[①]的作品读读?"

"我要去他住的宾馆找找线索。"

"这不是你的工作。看来你想知道你为什么要干掉他。这我可是知道的。"

"你能告诉我吗?"

"当然可以。因为你杀了他就能收到一张七位数的支票,而且不用交税。这就是原因,笨蛋。"

一张五十美元的钞票就足以让大会信息处的大胡子无法坚持原则。那家伙住在里士满酒店。

不错啊,高级宾馆!门厅装饰充满了奥斯曼帝国复古的气息,前台接待员正是我喜欢的那一类:言辞谨慎,口齿伶俐。

---

① 科林·特利亚多(1927—2009),西班牙女作家,浪漫派小说家。

"几小时前我给穆西卡先生留了一些文件。内容很重要,我想知道他收到了没有。"

接待员一言不发地半转过身去,他向我指了指四〇五房间空荡荡的信箱:"文件已经第一时间交给穆西卡先生了。"他带着五星级宾馆的骄傲。

我到房间里,动手,然后走人。这就是我十五年来一直做的事情,这份职业让人不知不觉间学到些东西。其中之一就是可以及时嗅出不祥的气息。

在酒店的过道里就有种不祥的气息,一个秃头的胖子在看《纽约时报》,他背靠着墙,脸冲着电梯。几米开外的地方就有舒适的组合沙发,但胖子却站着看报。

我走进电梯,按下七楼的按钮。在七楼寂静的走廊里我非常镇静地抽了一支烟,然后慢悠悠地走楼梯下去。到了四楼,我发现冲电梯站着看《纽约时报》原来是会传染的。第二个看报人一看就是美国人,他只差一顶德州牛仔帽了。

他看了看我,随即埋头继续看报。我暗自骂了一句,我从一开始就犯了一个错误:楼下的胖子一定有个对讲机,他已经把我的特征都告诉楼上的同伙了,而楼上这个一看见我出现在楼梯口,更是确信无疑了。见鬼,必须立刻行动,说干就干。

我走到电梯口，伸手去摸按钮。不过就在要触碰电梯按钮的刹那，我突然转身，同时抬起左腿狠狠踢向那个假装看报的家伙。

这一脚正好踢在他的要害部位上，没等他反应过来，我又在他的耳部猛击了两下。耳麦不但被打碎，还嵌到了肉里。这个家伙在衣领下藏了一个精巧的麦克风，身上有一把点三八口径的短枪，居然还有一张DEA特工的证件。老天爷，他原来是美国缉毒局的特工！

几分钟后，我从一个应急出口离开了酒店。我在街上漫步。我需要想想，快速地想想。美国缉毒局在跟踪我的目标。是伊斯坦布尔站的特工？难道墨西哥人学会用地毯藏毒了？伊斯坦布尔还有多少美国缉毒局的人？我需要赶快找个洗手间和最了解我的镜子兄谈一谈。

疲惫的双腿提醒我，我已经漫无目的地走了好几个小时，或者也可以说在无意识地离出于职业习惯应该去的地方越来越远。

我干涉了原本与我无关的事情，我好奇为什么要干掉那个人，我刚刚把一个美国缉毒局的特工揍了一顿。这还不算什么，法国极品女友的点滴断断续续地闪现在我的脑海里，仿佛某个永远也买不起的奢侈品的广告。

不知不觉中我发现自己身处商品的海洋：地毯、挂毯、水烟袋、风景金属画、霍梅尼肖像和其他一些东方小物件。毫无疑问，我到了大巴扎。熏香混合着广藿香的气味，让人喘不上气。商贩们围追着游客，后者则意兴阑珊地摸一摸地毯。两个大胡子笑着向我走来。一个人腋下夹着一卷挂毯，另一个人点点头向我问好。

"我们肯定有先生您想要的东西。如果我们能有幸请您喝杯茶，咱们可以谈谈价格。"仿佛是阿里巴巴在和我说话。

"很抱歉。我什么也不想买。"我回答。

"求您看一眼，就一眼，我们的地毯质量无与伦比。"他边说边给他的同伴做了个表情。

于是他的同伴举起了卷着的挂毯，差点都碰到了我的鼻子。毯子的褶皱间露出猎枪的两个枪筒。这下轮到我谦卑地点头，接受邀请去伊斯坦布尔的大巴扎喝茶。

两个人带着我到了一家商店的后院。拿猎枪的那个人让我坐在一个坐垫上，而另一个人在用手机通话。

他讲完电话后，立刻又换上一副礼貌的语气："我们不知道您是谁，也不知道您是干什么勾当的，但是我想我们很快就能知道了。我还要告诉您，您在酒店里对我的朋友可不太友好，那可怜的家伙一只耳朵肿得老大。此外，您还损坏了一些美国的公共财产。这一切都不太妙。"

"真遗憾，但是这个人袭击我，我必须自卫。我以为他要袭击我。"我表示道歉。

"里士满酒店四楼很少发生抢劫事件。您的故事我一点也不喜欢。您知道《一千零一夜》吗？故事要有说服力，要逻辑通顺。阿桑，给我们的客人来点灵感。"他命令同伙。

阿桑很会挑地方。他把猎枪的枪托狠狠地砸在我的左肩上，疼得我左手都失去了知觉。伴随着疼痛而来的还有强烈的抽搐。

"现在您可以更好地讲故事了吧，我们就从您的简历开始。您是谁？"他礼貌周全地问。

我真想回答"你们是谁"，但现在形势不容我多嘴。我又狠狠地挨了一下，我觉得左臂要脱臼了，软绵绵地垂在袖管里。阿桑听故事不喜欢等得太久。

"我是个普通游客。我喜欢在酒店的走廊里踢球。"

我算准了阿桑要给我第三下的时机，向右侧一闪，枪托擦过我剧痛的胳膊，我右手一把抓住枪托，使劲向下一拉。

阿桑失去了平衡，一脚踩在他自己的阿拉伯长袍上。乘他趴倒的空当，我一把夺过猎枪。我不知道枪里有没有子弹，但是没时间去证实了。现在要做的就是离开这里，我再次需要快速思考。

"请您镇静。您不可能抱着一把猎枪走出大巴扎的。我请您原谅阿桑的粗暴。就我而言，我希望能和您礼貌地对话。"

这是他最后说出的话。他突然头一歪，仿佛被狠击了一下，整个人扑倒在一大堆地毯里。我一回头，看见我的目标拿着一张报纸，报纸下是一把带消音器的点三八口径手枪。阿桑头部也中了两枪，栽倒在同伙的尸体旁。

"跟我来，你这个笨蛋。"他命令我，我乖乖照他说的做了。此时我想起了我第一次看见他的照片时的情景，我知道我俩的人生轨迹已经相交，无论是凶是吉。

天使终结者现身

我迟早要干掉的那个人让我虎口脱险，带着我在伊斯坦布尔大巴扎的窄巷里穿梭。看上去他很熟悉这里，一路上没有一个大胡子向他兜售地毯。

"我和你们说了多少次了，大巴扎不可靠了。"快走到出口的时候，他低声说道。

"嗯。"我应了一声。

"酒店里的美国佬让你乱了方寸？"他边问边从衣兜里掏出手机。

"嗯。"我还是那一句。

"你真是个十足的白痴。那些家伙只不过在那里守株待兔罢了。结果，害得到头来大费周折。"他边说边示意我站在离他几步远的地方，然后开始拨号。

"嗯。"我再次回答。

他跟电话那头的人低声讲了几句，声音微不可闻。然后他搭着我的肩膀走进了一家咖啡馆，里面满是下双陆棋的当地人。他点了两杯土耳其咖啡。

"我更想来杯金汤力。"我终于打破了一直以来的沉默。

"如果你敢在这个地方沾一滴酒，他们一定会把你阉了的。你为什么不在会展中心找我？我下指令的时候说得很明白。"他用勺子搅动着咖啡。

"那里的美国佬更多，我有点紧张。"我用一种致歉的口气回答。

这时，他凝神盯着我的眼睛。我刚才的话不知什么地方出了问题，但他醒悟过来了，我并不是他在等的那个人。我同样盯着他。他是个体格健壮的家伙，长期坚持体育锻炼，肌肉非常发达。他显得非常自信，这份极度自信让他惯于发号施令。看见他皱眉头我很得意，这说明他在急速地思考如何让自己镇定下来。

"见鬼，你是谁？"他一只手伸向腰间，提醒我他有一把带消音器的点三八口径手枪。

"我是天使终结者。我的目标是干掉你，但不是在这里。我还不知道会在哪里动手，等到那个时刻到来，咱们两个就知道了。"

就在这时，传来了汽车的喇叭声。这个家伙站起身，手仍插在腰间，慢慢向后退。他完全失去了自信，下巴在颤抖，绝望地想要说点什么，却最终未能说出口。

我快要喝完那杯难喝的咖啡，这时突然到处充斥着警笛声。

"发生什么事了？"我买单的时候问服务员。

"见多了。恐怖分子杀了大巴扎的两个商人。"

我漫无目的地走在街上，又一次迷路了。该死的，我到底是怎么了？在我漫长且完美的职业生涯中，我第一次向目标发出了警示，美国缉毒局的特工们可能在跟踪我，大巴扎三千家商店里有一半的店主能向土耳其警察或军方描述我的长相。可恶，我简直在和整个北约为敌。

下午五点，天气热得令人窒息，我决定去一座庄严宏伟的建筑物里乘凉。那就是迈吉德大清真寺。从寺里的花园可以远眺博斯普鲁斯大桥，这座钢筋混凝土长龙轻而易举地连接着欧洲和亚洲。

我走到一座喷泉旁，看见水中有个男子穿着和我一样的衣服。他的脸上同样写着忧愁。

"你打破了白痴的世界纪录。"他向我问候说。

"我知道。帮我想想吧。"

"你的时间不多了。现在立刻打车去机场。你的目标八成在做同样的事情，如果他还没有起飞，你查一下他要去哪里。你也可以给巴黎打个电话。你的上线可能会在电话录音里给你留下什么有用的信息。"

我按照他说的做了。在机场我买了一张飞往法兰克福的机票。这是最早的一趟航班，两小时后起飞。在机场的国际酒吧里，我顶着几个青年的怒火，喝了三杯金汤力，随即给巴黎的办公室去电。电话录音里没有任何信息。我挂了电话。我就要前往登机口的时候，莫名地拨了巴黎的另一个号码——我家的电话，就在不久前我还天天拨打这个号码。

有好几条留言，都是法国女友的朋友们留下的，他们统统都对她迟迟没有从墨西哥回国表示担心。有一条是她自己留的，声音压抑得仿佛有把匕首顶在她喉咙上："是我，请给我回话。我需要和你谈谈。我不知道我怎么了，但是我需要你，而且在没有见到他之前我不能回欧洲。你别恨我。你那么好，那么大度！我和他告别后立刻就回去。我爱你，但是我不知道我怎么了……"没等留言结束我就挂上了电话。我已经身处太多麻烦,不在乎再多一桩。

从伊斯坦布尔飞往法兰克福要五个小时,靠一位空姐大方地给我倒的那几杯金汤力,我睡了四个小时。

每次执行任务之前我都设法好好睡上一觉,而且最好不要做梦,因为梦里都是沉重的回忆。一位爱尔兰同行教给我一招如何不做梦的方法:努力想象一匹巨大的绿布一点点地覆盖所见的一切,直到闭上眼睛。爱尔兰人称之为"杀手瑜伽"。以前这招对我屡试不爽,可在飞机上法国女友憔悴的模样总是冲破绿布,她那么清瘦、激动,仿佛出水芙蓉。

秋日的某天,她曾挽着我的手走在卢森堡公园①里,为我剥在戈博兰②地铁站口买的热栗子。云雨之后她会情不自禁地抚摸我的胸膛,用她的热唇喂我冰冷的桑塞尔③葡萄酒,用舌头在镜子上写情书。在波多黎各的一个海滩上,我为她涂防晒油,她用腿紧紧夹住我的手。在奥兰多的一家赌场里,她迫不及待地要与我在一张牌桌上做爱。她为我朗读诗句,而我对普莱维尔、托马斯等人并不感兴趣;她为我唱布雷尔的歌曲,歌

---

① 卢森堡公园是巴黎市区最大的公园。
② 巴黎地名。
③ 位于法国,是世界知名的葡萄酒产区。

词我似懂非懂。醒着的时候不去想她，真的很难。

从机场载我去市中心的出租车司机是个土耳其人，世界上各个国家都有一些冒冒失失的人，他就是其中一个。

"您觉得伊斯坦布尔怎么样？城市很美丽，是吧？"他毫无顾忌地吐了口痰。

"您怎么知道我从那儿来？"

"因为这是最后一班国际航班了。每三分钟就有一架飞机降落在法兰克福，但是只有从土耳其来的飞机降落在高度戒备的跑道。都是因为库尔德人，您知道吗？德国采取了预防措施。"

"我在伊斯坦布尔糟透了。"

"我就知道。不听劝告的旅客都这样。在伊斯坦布尔没有美女也没有帅哥，瑞士人和德国人都在埃迪尔内① 品尝甜点呢。海滨浴场人满为患，挤满沙滩。现在好了，如果游客先生再挑剔一点的话，伊斯坦布尔的加拉塔区到处都是小说里的那种少男少女。就像卡达克斯②，不过那里德国马克可以享

---

① 土耳其城市，是土耳其的西部门户。
② 西班牙加泰罗尼亚区的一座海滨小城。

受一切销魂的服务。"

"谢谢您的信息,但是我宁愿找个母犰狳做爱。女人的面纱让我兴奋过度。"

我入住了法兰克福酒店,房间大得可以踢球。我让服务员给我送一瓶金汤力来,随即给上线打电话。

"我们必须坦白地长谈一次,就现在。"我说。

"好吧。不管你在哪里,去找一部公用电话,半个小时内拨打这个号码,但以后你永远也不要再记起它。"他念出了一个手机号码。

我很享受在酒店门厅的时光,那里到处都是佳丽,仿佛是妙龄女子正聚集此地选美。她们衣服上的吊牌让我想起法兰克福正在举办一年一度的时装设计展。满场佳人好似法国女友出现在镜子的迷宫中。可惜美丽是无法持久的。我走到一个电话亭拨打上线的电话。

"言简意赅,我喜欢简略一些。"他说。

"我知道。事情是这样的:我差点杀了美国缉毒局的一个特工,你能想象是谁干掉了两个他们的人帮我脱离陷阱的吗?告诉我,我这活儿是谁雇的?"

"妈的,你讲得也太笼统了。你说美国缉毒局?你确定吗?"

"百分百确定。"

"我想他们要给你付双倍的酬金了。明天中午我打你在巴黎的电话。你知道如何按时赶到。"说完他就挂上了电话。

走出电话亭,一个消瘦的绿眼睛女孩主动挑衅我。

"你的衬衣是剑道服。"她用法语说。

我懒得理论出处。反正,可能是老佛爷百货公司里有类似的款式。

"好眼力,小妞。你何不陪陪我一起研究一下纽扣孔呢?"我一把揽住她的腰。

那双绿眼睛能帮我不做梦。

一位退休杀手

第二天晚上八点，按照上线的指令，在戴高乐机场的租车行里，我安稳地坐在一辆奔驰的驾驶座上。一架从纽约飞来的协和式飞机几分钟内就要降落，它搭载的乘客中有一位就是我那只闻其音却素未谋面的上线。

"你在伊斯坦布尔的胡闹恐怕把整个局面都搅乱了。"我的影子从后视镜中说。

"我知道。我只是做了我该做的，你别问我为什么。"

"我知道你为什么这样做。那个小娘儿们让你一败涂地，你完全失控了，"他说，"你不担心与上线会面吗？要知道你的职业不允许告别，有的只是死亡证明书。"

"如果他来见我，一定是有原因的。我从来没有让他失望过。"

"从来没有？"他满是讽刺地问。

我一把将后视镜移开，不想再说话，可我知道这家伙说的有几分道理。我到底在想什么？早上从法兰克福到巴黎的时候，我赶到办公室等上线的电话。他很准时。他从肯尼迪机场打来，指示我此时在这里等他。随后我努力理清思路，但是一股无法抗拒的力量使我不自觉地来到了我和她几周前还一同居住过的公寓。

屋子里的一切我觉得遥远而陌生。电视机、家具、录像机、音箱、灯具、双人床、碟片、书、画、小酒吧和柜子里叠放整齐的衣服，这一切都不是我的，也与我无关。我决定挑一两件衣服装进行李箱，永远地离开这里。可在我收拾的时候，我感到挂在墙上的照片中她正从各个角落注视着我，这些照片都是我在世界各地为她拍摄并亲手挂在墙上的。这时电话响了，响三声后自动转入电话录音。是她。她的声音听起来疏离、疲惫。她说了很多：爱情，可怕的错误，羞愧，她必须独立解决一件麻烦事，之后就会离开回家。她讲了很多情话，回忆起甜蜜的时光，悔恨不已。我握紧拳头狠狠地捶墙，直到满手是血，只为克制自己拿起听筒的冲动。

"你背叛了我，小东西。我受不了这种背叛。"我边开门边喃喃道。她的声音孤独地飘荡在那所我永远也回不去的公寓中。

一个拎着手提箱、手上搭着风衣的胖子走到车旁。我下车为他打开副驾驶座的车门。

"唉，我们终于见面了。本来永远也不该有这次会面的，但是最终还是见了，世事难料。"他的声音我非常熟悉。

"你说我送你去哪里吧。"我说。

"我们去转一转，一起去塞纳河畔走一走，如果你不反对的话。"他建议。

凉爽的夜晚中，我们下了车，在特罗卡德罗广场的人行道上走了半小时。上线一支接一支地抽烟，剧烈地咳嗽，每次我开口想说点什么的时候，他总是举手示意我说："先别说，小伙子，我还得想想。"最后，他指了指一张长椅，我们过去坐下。

"说吧，你有点抱怨你的衣食父母，是吧？"他发问。

"没有，绝对没有，你知道的。"

"很好。你现在也算是个有钱人了。对于你挣的那些钱都用来干什么了，我丝毫没有兴趣知道，但是那一定是很大一笔。现在是你功成身退的最佳时机。"

"你直说吧。"

"你不是犯了太多的错误,而是犯了所有的错误。我想这都是因为你太累了,压力太大了,或者当下流行的怎么说来着。这是一个信号,告诉你该退休了。"

"我可以把这理解为对我的最终判决吗?"

"别说得那么尖刻。你确实给我们带来过不少麻烦,不过我们一直信任你。你不是一个随随便便就能被放弃的杀手,在这个行业里你值得尊敬,我们希望你能体面地退休。"

"好吧,我该怎么做?"

"完成这次任务,但只靠你自己。这是我们第一次见面,也是最后一次。联系电话已经不存在了,要知道我今后也不会再给你打电话。你必须按照之前的协议完成这次任务。你会收到双倍的报酬,但是我再说一遍,我们希望你独自行动,速战速决。"

"可以,我接受。没有私家侦探,没有支援,我自己一个人。我接受。"

"告别之前还有问题吗?"

"我为什么要干掉他?"

"你真的那么想知道?"

"这是我最后一个活儿了。你就成全一个准退休人员的好奇心吧。"

"行吧。维克多·穆西卡和所有人都玩阴谋。这个家伙机敏聪明，难以捉摸，而且最重要的是他没有任何案底。这样一个连红灯都没有闯过的家伙却搅得美国好几个做毒品生意的团伙寝食难安。他策划了一起惊天阴谋抢占了亚洲市场，并下调价格。这惹恼了哥伦比亚和迈阿密的那伙人，可是到目前为止他们连他一根汗毛都没伤到，因为他有着最严密的安保措施。"

"美国缉毒局？"

"正是。他收买了美国缉毒局的特工，他们把他照看得无微不至。最令人费解的是他的货虽然便宜，质量却是上乘的。这家伙简直就是一个毒品慈善家，这就是要除掉他的原因。可以了吧？"

"给我多长时间？"

"很短。给你订一张明天的机票，到了纽约后你再乘环球航空公司的一趟航班去墨西哥城。伊斯坦布尔的意外打乱了他所有的计划，他回去了。你要在他有所行动之前动手。"

"大巴扎里被杀的人是干什么的？"

"新手。美国缉毒局在伊斯坦布尔雇的地痞。他们把你当成哥伦比亚人派去的杀手了。穆西卡救你是因为他误把你当成了带钱来买毒品的交易人，他以为你落到了杀手手里。都是阴差阳错。好了，整个故事你都知道了。再见，祝你好运，杀手先生。"

我看着他拖着疲惫的步伐走向出租车站，上了一辆车，随后被城市的夜色吞没。

我留下来坐了很久，想着我的最后一次任务。活见鬼，我居然要退休了，我绝不会像那些退休了的人一样，在公园里打发时间，把实现不了的愿望全都喂了鸽子——这些可恶的飞老鼠。

在加勒比群岛大开曼的一家银行里，我有个殷实的账户，我总是想着，等干到五十岁我就退休。所有的人都在为自己退休的时刻作计划。我的计划很简单：在法国布列塔尼半岛的海边买栋房子，和法国女友住在一起，她为我读我听不懂的诗，我为她唱波利乐舞曲。混蛋！退休像晴天霹雳一样让我措手不及。混蛋！我一定要做点什么，决不能束手就擒。

我上了奔驰，在凯旋门附近的街道来回穿梭。巴黎最漂亮的妓女都在这一带拉客，各式各样的都有：黑人、白人、混血儿、身材魁梧的异装癖、清纯学生装的小姑娘……突然我看见了我想要的那种：身材娇小，臀部结实，栗色头发，胸部发达，樱桃小嘴。

"上车。"我命令她。

"一小时三百法郎。"她边上车边说。

"我再给你加个零，我们整晚都做。"

"你是酋长还是苏丹？我们要在你的王宫里做吗？"

"你觉得在鲁特西亚酒店怎么样？"

"你是所罗门国王，我就是示巴女王[①]。"

"好啊，我会满足我的女王一切要求的。"

鲁特西亚酒店的服务员极不信任地打量着我女伴的迷你裙。我在填写登记信息的时候，他彬彬有礼地问了一个恶毒的问题："先生和女士登记在一起吗？"

"先生刚刚把他的证件给了您，女士现在很累。有哪一条规定写着不许父亲和他的女儿一起住进这家酒店？"

---

① 传说示巴女王是一位阿拉伯半岛的女王，在与所罗门王见面后，慕其英明及刚毅，与所罗门王有过一场甜蜜的恋情，并孕有一子。

"完全没有，先生，我无意冒犯。"

"但是你认为我女儿是个妓女。"我没放过他。

"对不起，我绝不敢这么想。"

"爸爸，那边的精品店里有件衬衣我很喜欢。"我新认的女儿乘机插话。

"买下了，一起算到房费里。"我把钥匙递给她。

我的女伴二十三岁，她身份证上的照片很瘦，一看就是在郊区长大的孩子。几个月的温柔乡就能把她变成一个极品。我擅长于此。她问我能不能来些三明治，我却为她点了美式龙虾，她坐在我腿上，在我耳边曼声提醒我别忘了要香槟。

十分钟后她完全主宰了房间，她在所有的镜子里快乐地欣赏自己的胴体。当服务员来叫门的时候，她抓起衣服跑进了卫生间。这个女孩有意思。但愿假以时日有人能将她变成一个极品女人。

"你什么都没吃。你不饿吗？"她的嘴又小又红。

"不饿。龙虾不是用来充饥的，是要品味的。"

"当然。穷人吃饭为了充饥，富人吃饭要品味。"

"你是哪里人？"

"克雷泰伊①。那香槟呢，是为了止渴吗？"

她真是个糟糕的情人。她几乎不怎么扭动屁股，但是她的叫声很性感。

"你是干什么的？"她抚摸着我的胸毛。

"我杀人。我是一名杀手。"

"像雷昂那样吗？你看过那部电影吗？"

"是的，像雷昂那样。但是我没那么蠢。"

她在我怀里睡着了，我对着她说话，仿佛她就是我的姑娘。我对她说，我不怪她，在墨西哥干完最后一票之后我会去找她，我们两个一起到海边定居，远离尘世一生一世。

---

① 法国地名，位于巴黎东南郊马恩河左岸。

死亡与玛利亚奇乐队

协和式飞机的速度超过音速两倍,从巴黎到纽约又到墨西哥城,单调得像火车旅行一样。

"好了吗?你打算从哪里着手?"镜子里穿着和我一模一样夹克的家伙问我。

"我得先弄个武器。"我回答。

"一把点四五口径的勃朗宁?"他接着问。

"时间有限,由不得我挑了。不过我会尽量找个顺手点的。"我说。

"祝你好运,即将退休的人。"他向我表示祝愿。

"行李我就放在机场寄存处。你负责看管。"我向他告别。

从机场送我去玫瑰区的出租车司机很善于提出一些很有见地的观点。按照他说的,人们应当过一种苦行僧式的生活,不吃不喝,因为政府放任在许多食品和饮料中下了毒,好转移老百姓的视线，不去谈论货币贬值问题。

"英国也是这样，先生。为了不让人们议论查尔斯王储、他的绯闻女友、瘦弱的戴安娜和两个小王子，老不死的女王下令让牛疯掉。"

玫瑰区就像是个武器超市。我边逛边观察各家保安公司的警卫使用的枪支。我看上了从桑博恩斯超市①里走出来的一个瘦子武装带上挂着的点三八口径的柯尔特。我仔细地折了一张一百比索的纸币，向他走去。

"打扰了，我需要您帮个忙。"说着我把钱塞进了他的上衣口袋里。

"请您吩咐，先生。"他假装什么也没看见。

"在卫生间里有个同性恋。我小解的时候他骚扰我。这可不是纯爷儿们该做的事。您能不能去教训他一下？"

"好咧。咱们去会会这个同志。"他信心十足地说。

"但是请您手下留情，因为他是我一个朋友的孩子，而且家境殷实。我先进去，我跟他说说，然后过一会儿您再去，替我好好教训他一顿。"

---

① 墨西哥最大的零售和食品连锁店。

"没问题，就按您说的办。咱们去看看这个年轻人。"

男厕所里只有两个人在小便池前。我走进去向他们出示了一块指示牌："卫生间清洁中，不便之处敬请谅解"，两人很是不满。

他俩完事后离开，我立刻把指示牌挂在门口。随后我关上隔间的门，没几分钟警卫走了进来。

"他躲在这里。我想他是害羞了。"我指着一扇门说。

"出来吧，年轻人。出来，没什么大不了的。"警卫边说边走了过去。

我趁他背对着我的空当把他的头猛地推向隔间的挡板上，又在脖子上补了两拳。这家伙轻得很，我没费劲就把他拖到了马桶上坐好。他的柯尔特看上去非常完美，十二发备用子弹一眨眼工夫就落入了我的口袋。

有了枪，我就离开玫瑰区，一直走到起义者大街的另一家桑博恩斯超市。我到这里没有什么特别的原因，只是因为我记得目标人物的一张照片中出现过孔德萨区的钟摆书店，书店就在附近。我还记得在另一张照片中有一栋房子门楣上有一行字，能辨别出的仅有"生活"这个词。我点了一瓶啤酒，琢磨着整件事情。

"生活"、孔德萨区、非政府组织。孔德萨区是艺术家、小资情调的知识分子和改革论者所偏爱的地方，为什么不可能是某个名称里还有"生活"的非政府组织的总部所在地呢？看来我要大海捞针了。

在下加利福尼亚大街我找了一家名字有好兆的宾馆：胜利宾馆。我住进房间，要了一本厚得像百科全书似的墨西哥城电话簿。

我喝了数升的可乐，抽了五盒烟，在难以计数的企业和机构名称中逐个查找带"生活"字眼的条目。凌晨五点，我终于找到了我想要的：未来生活住宅协会，孔德萨区阿特利克斯科街与阿隆索·雷耶斯街交叉处。这个发现令我脑海中灵光一闪，我将对目标所了解的一切汇集在一起：伊斯坦布尔、会议、大都市、住宅协会、移民问题、未来生活。"就是他！"我自言自语，说罢穿上夹克，仔细检查了一遍手枪。

宾馆的大门上着一把粗粗的大锁，我费了半天劲才把值夜班的门卫叫了起来。

"现在不行。我不能让您这个时候出去。还太早了，警察还没执勤。您会被抢得精光的。最好等到六点。来吧，您把啤酒倒上，我请您尝尝我老婆做的玉米馅饼。"

我打开一瓶科罗娜，谢谢门卫的谨慎。我差点忘了墨西哥城的黑夜是犯罪的乐园。我们边喝酒边品尝冰冷却美味的玉米馅饼。伴随着第一缕阳光，我走上街。

我一下子就认出了那栋房子，正是我在照片中看到的那一栋。唯一不同的就是房子前面少了那个家伙。房子对面隔着阿隆索·雷耶斯街是一座教堂。幸好墨西哥的教堂早早地就向信徒们敞开了大门。我走了进去。教堂几乎是空的，我很轻松就走到了通向钟楼的楼梯。一层厚厚的灰尘覆盖着台阶，看来这里长时间都没人涉足。

街道逐渐有了活力。一个卖花的路边摊在朝阳中绽放出绚烂的色彩。还有一个书报亭。一个年轻人进了吸引我目光的那栋房子，迟迟没有出来。后来又进去了两个女孩，半小时后离开。邮差来叫门，年轻人开门收了邮件。

时间过得真慢。我所有的注意力都集中在那栋房子上，但我时不时不由自主地想象法国女友走在对面街道上的情形。我要是看见她该怎么办？冲下去找她吗？她是在墨西哥城？在韦拉克鲁斯？还是在飞往巴黎的途中？

下午两点，门口来了一个送比萨外卖的。他送了三份比萨。三份。我只看见一个年轻人进了屋，屋里另两个人会是谁呢？

过了下午四点，我极力克制睡意。幸好天上的隆隆雷声让我清醒了过来，一场暴风雨即将来临了。黑云迅速笼罩城市，不一会儿豆大的雨点落到了地上。我看见那个年轻人走出房子，进了阿特利克斯科街拐角的一家超市，没几分钟他拿着两包香烟出来了。从我观察的位置可以看清楚香烟的商标——切斯特菲尔德。我再度想起了法国女友，她抽的就是这个牌子。

晚上八点，雨还没停。我已经被淋成了落汤鸡，冻得直哆嗦。我像转念珠似的把子弹从一个口袋不停地装到另一个口袋里，以此保持清醒。这时，门又开了，还是那个年轻人。他半转过身去准备关门，虽然我听不见他说什么，但是很明显他在和屋里的人说话。随后他把大门反锁两圈，急匆匆地走入雨幕。

我决定下楼，幸亏我动作及时，一个看门老头眼看要关教堂门了。

"我没看见您，先生！差点把您关在这里一夜。"

雨冰冷地下。街上连个鬼影子都看不见，几次连续的闪电后突然停电了。

我走到那栋房子前,右手紧紧握着柯尔特,利用接下来一次闪电的时机破门而入。

房子里没开灯,唯有走廊尽头一丝微弱的亮光。我贴墙而行,走过两间办公室,再向前是间厨房。我打开手枪保险,一脚踢开了最后一扇门。

我的法国女友睁大了一双泪眼,她正坐在床垫上,本想起身说点什么,但看见我手里的武器,只是张了张樱桃小嘴。屋里的一盏烛光映照着她的脸颊。

我的目标就在她身旁,脸色惨白如纸,身体抖如筛糠,浑身大汗淋漓。他中毒了。他看了看我,闭上眼睛,明白了眼下的处境。

"她……你别伤害她……她是个法国女孩……她什么也不知道,和这事没关系。"他说。

"我本想离开,但是他这个样子我不能离开。你看看他们都对他做了什么。"她抽泣着说。

"你们认识?……那你……"那家伙一句话还没说完,一阵剧痛使他无法继续。

"这世界真小,小得可怜。"我回答。

"他昨天旅行回来。"女孩继续抽泣着说,"他来和我告别,但是突然来了几个人,给他注射了什么东西。应该请医生来的,但是他不让我这么做。"

"美国缉毒局的人,是吗?"

"狗娘养的……他们认为我在伊斯坦布尔耍了他们……昨天……他们给我注射了五倍的剂量……作为惩罚。"

"美国缉毒局是干什么的?为什么你们两人说话好像认识似的?我什么都不明白。不明白!带我离开这里!我要回巴黎,回家去!"可怜的法国女孩歇斯底里地大叫。

"好吧,你知道我来这儿是干什么的,但是我想知道你为什么这么做?为什么你在美国出手的毒品物美价廉?"

"因为我恨他们……美国佬……就应该毁了他们……他们不是想要海洛因吗?……我就给他们……几乎是白送的……就要让他们从内部毁灭……这是我们拉美人唯一的出路,你懂吗?……为了每一个'湿背人'[①]……为了在那个混蛋国家忍辱负重的……每一个墨西哥人……我……我干掉了几个美国佬,你知道吗?"

---

① 指非法进入美国的墨西哥人。

"再见了，慈善家。"我把枪指向了他的嘴。

瞄准精准而容易。就这样，点三八口径的柯尔特响了。可怜的法国女友睁大眼睛看着，浑身发抖。我把她搂在怀里，诅咒着生活的陷阱。

"带我离开这里。"她在我胸前呻吟。

"当然了，亲爱的。"我低声回答她，随后一枪射入她的左太阳穴。

是的，我的确爱她，但是我的最后一次任务让我别无选择。我是一名杀手，职业杀手是不会把私人感情和工作混为一谈的。

离开之前我到厨房把所有的煤气阀门都打开。

在塔玛乌里帕斯大街我上了一辆出租车，此时我听见了爆炸声。

"什么声音，先生？"司机问。

"打雷声。还能是别的什么呢？"

"音乐您介意吗？"

"没关系，放着吧。"

我这才发现广播里正在放着那首墨西哥民歌：

她本想留下来，

当看见我的悲伤，

但一切已经注定，

就在那个晚上，

她失去了爱情……

热线电话

张力 译

献给我的教父维克多·乌戈·德·拉·富恩特,
因为他是我的教父,正是因为如此。

我只记得这个,火与黑暗,以及在黑暗前一道令人恶心的刺眼闪电。

——雷蒙德·钱德勒《湖底女人》

以此为序

这个故事发生在智利巴塔哥尼亚的艾森[①]海湾尽头的树林中。为了拜访几位好朋友,我来到了这片我深爱的南方地区。当我正在路口等待车来接我的时候,我和一个非常健谈的人攀谈起来。这个人除了身材与塞万提斯笔下的桑丘相去甚远外,其他方面都让我不禁将二者联系在一起。

显而易见,他是马普切人[②]。我们相互递上雪茄并点燃,之后便开始闲聊,大到多变的全球气候,小到我们是做什么工作的。

---

① 伊瓦涅斯将军的艾森大区,即第十一大区,位于智利的南部地区,是智利十三个行政区之一。
② 马切普人是南美洲印第安人,属于阿劳坎人。西班牙人到达当地时,按地理位置将阿劳坎人分成三部分:北部为皮昆切人;中部谷地为马普切人;南部为维利切人。现代阿劳坎人是马普切人的同义语。

他既不奇怪也不意外地相信了我是个作家，而我也只能接受并相信了他是名警察，更具体地说，是一名反盗马贼行动队的探员。

他有一个可敬的名字，和我们这个故事的主人公的名字很像，另外，他的嗅觉极其灵敏。

当我们正在聊天的时候，他突然抬起头，朝向低矮山中的某个方向，抽动了几下鼻翼。

他说："发生森林火灾了！真糟糕。"

我也望了望，可无论怎么极力看都看不到任何起烟的迹象，也没有闻出树木烧焦的味道。那是在夏天，整个天空湛蓝而清澈，巴塔哥尼亚纯净的空气中都是当地生长茂密的植被的气味。他又动了动鼻翼，确定地说："烧掉了一片红厚壳桂林，真糟糕！"

后来，当我和朋友们在屋檐下用智利特产的红酒烧烤羊肉的时候，我讲起了这件事情。他们谁也不知道发生了什么火灾，至少在附近没有，当然巴塔哥尼亚其实是一个很大的地方。

三天后，在距离我和探员相遇的地方大概两百公里的位置，我经过一条路，与这条路相连的几公顷森林已被大火夷为平地。一队森林消防队员正在扑灭最后一些未燃尽的木炭。我凑上去问他们:"这是什么树?"

"红厚壳桂,真糟糕。"其中一名消防队员回答我。

在我和那位马普切探员分开之前,他问我当时所居住的城市是怎样的。我猜想,我给他描述的是一个索然无味而且主观臆断的巴黎,他偶尔轻轻点头表示赞同。当我问他住在哪儿时,他说他讨厌城市,因为那里除了香水、食物、清洁剂和汽油燃烧的味道以外,空气中还总是弥漫着粪便的恶臭。

我在巴塔哥尼亚期间,和朋友们一起散步,大快朵颐,酣快畅饮。在返回欧洲之前,我又在首都圣地亚哥待了两周。民主政府的头头脑脑总是宣称,一切尽在掌握之中,而且智利是世界上最好的国家。

许多人并不这么认为,尤其是那些依然在寻找失踪亲人的人,还有那些坚持要把前任独裁者的儿子送上被告席的法官。这位前任独裁者摇身一变成了终身参议员,最近还被授予名誉上将的头衔。而这个官二代要为代理多家知名军火商的行为负责,还要交代清楚一桩涉及整个军队的肮脏勾当的细节问题。

一切尽在掌握之中,而且法律制度主宰着智利这个最好的国家，所以只有像我这类脑子坏了的人才会认为，全副武装并涂着迷彩油的士兵封锁大街，与这一所谓"常规演习"的第二天法官就突然决定封存所有对腐败罪行的指控两者之间存在着某种联系。

马普切探员说得对，城市里恶臭漫天。

在回欧洲的飞机上，我开始写这个故事，并把故事分六期发表在了一家西班牙报纸上。是在指定好的版块上发表的，也就是说我的小说不得不被裁裁剪剪，直到与现代化报纸传媒为每期小说所留下的空间一致。因为这年头版面的大小并不取决于文章的思想、趣味或文采。媒体的管理层操控着报纸，他们唯一关注的重点就是为广告、体育和核心版面留足空间。也就是说，引发人们思考的其实是那些缺乏持久性的东西，这是非常危险的。

文学总是能带来惊喜。我在写作过程中渐渐发现，我已经完全地投入到了连载小说这种形式的文学之中。十九世纪的文学先辈们曾大力开发这种文体，例如大仲马就是小说大众化的推动者，同时也是文学大众化的倡导者。当我笔下的人物完全裸露出自己的精神世界的时候，当这些人物通过对话引导读者想象的时候，我越发有一种成就感。

所以说，这个故事就是一篇连载小说，一定会有人说这都是过去的事情了，不过对我而言，这并不重要。大仲马在《基督山伯爵》中留下了一句名言："不要忘却，也不要宽恕。"这也是维系和保护二十一世纪正义之士的准则。

最后要感谢 B 出版社的鼎力支持，使我的这个故事得以全文出版。自与那位马普切探员相遇已经过去了好多年，在智利这个兰佩杜萨式的国家中，"为了一切保持不变，一切都会改变"①。

---

① 出自意大利作家兰佩杜萨的小说《豹》，它集中体现了兰佩杜萨式的观念，即旧体制的支持者借助犬儒主义思想来适应革命必然胜利的结果，并将其收为己用。

一

刚到拂晓时分,乔治·华盛顿·卡乌卡曼探员动了动鼻子,抽动了几下鼻翼,仔细嗅着,然后望向仍然被晨雾所笼罩的小河,他吐出埋伏时在嘴里嚼碎的迷迭香枝并嘟囔了一句"糟糕",便活动了起来。

他那名叫潘佩罗的坐骑同样对主人的鼻子充满信任。由于对主人的习惯十分了解,它一听到雷明顿猎枪从枪套中被拿出时发出的轻微摩擦声,就立刻将头低下。

卡乌卡曼猛地一下将装有十四发子弹的弹夹插入枪膛,将枪口对准巴塔哥尼亚高原低沉的天空,扣动了扳机。

不等那巨大的枪响产生的回声散尽,他又给枪上了第二个弹夹,将枪口对准迷雾深处,用冷酷的口吻命令道:"所有人把手背到脖子后面!谁再敢动一下,我就打飞他的老二!"

凭借多年与盗马贼作斗争的实践经验,另外两名探员默契地配合着卡乌卡曼的行动。他们也将枪口对准迷雾深处，并从不同的方向靠近。

一共有三个盗马贼。他们从梦中惊醒，睡眼惺忪，满脸疑惑。他们四处张望着，但除了大雾什么也没发现。之后他们互相对视一眼，看到自己的马被卸掉了鞍子，顿时明白已经无路可逃了。

"双手交叉，放在脖子后面，他妈的！"卡乌卡曼把话重复了一遍。

他看着三个人越来越近，其中两个人乖乖听话，放弃了抵抗，但第三个家伙让他觉得不安，他又抽动起鼻翼来。

"小心了，潘佩罗。"他低声对马儿说。

第三个男人又高又瘦，肩上披着套头斗篷。尽管雾气很浓，但仍可以看出那斗篷的做工十分精致。他一直背对着卡乌卡曼，两只胳膊交叉着，大声请求允许他亮明自己的身份，同时将一只手伸进了斗篷下面。

当卡乌卡曼看见斗篷下乌兹冲锋枪闪闪发光的黑色枪托时，赶忙向同伴发出警告。

"小心，这家伙有武器！"

那家伙虽说不是盗马贼，却对盗马贼的勾当很在行。他的动作干净利落,将斗篷往肩膀上一搭,拉开了冲锋枪的保险。然而,乔治·华盛顿·卡乌卡曼抢先一步,不等那家伙转过身来,便向他开了一枪。

那家伙仿佛屁股上挨了一记狠踹,猛地向前倒了下去。

当同伙们忙着给另外两个家伙戴手铐的时候,卡乌卡曼走近那个受伤的家伙。他侧身躺着,疼得咬牙切齿。

"你会付出代价的。我发誓你会为此付出高昂代价的。"那家伙边说边回头检查自己臀部的伤势。

"别说得那么严重。"卡乌卡曼说。

落叶松中传来了一只斑鸠的歌声。潘佩罗高兴地嘶叫了几声,雾气开始消散了。

二

"乔治·华盛顿·卡乌卡曼！"警察局局长嘟囔道。

"到！"卡乌卡曼回答。局长指了指椅子，示意他坐下，但他并没有坐，不是因为胆怯或谨慎，而是因为他的长筒靴和裤子上沾满了污泥和马粪。真见鬼，乡野探员可不是生活在温柔乡里的。

"小子，你这副样子简直像是掉进了粪坑。"

"过去二十年我可一直待在齐脖子深的粪坑里呐。您是知道的，这地方的案子不是在办公桌上就能解决的。我光是闻闻一头牛的粪味儿就知道它是谁家的。"

局长双手交叉放在案卷上，不情愿地点点头表示赞同。站在他面前的这个家伙是局里警察中最喜欢寻根究底的一个。这类人一定要把事情搞个水落石出，无论结果是获得一枚挂在胸前的勋章，还是被挂在安第斯偏僻山区的哪棵老杉树上。

局长重新打开案卷。他已经不下百次地读过那些写在审判书上的空洞的法律条文。在他准备再读一遍案卷之前,他仔细地打量着卡乌卡曼。这家伙身高一米七多一点,身体就像一棵被闪电劈成两半的树干,头和肩膀之间的连接部位只能勉强叫做脖子。他的双眼像黑色的炭火一样炯炯有神;他的头发乌黑发亮,又粗又硬,一根根倔强地挺立着,难以管束,显出他纯种马普切人的特征。

"乔治·华盛顿·卡乌卡曼!"局长叹了口气。

"头儿,事情很糟,是吗?"

"糟透了。你也知道,我在警官学校里当你的教官的时候,就一直对你开诚布公。我跟你说过,作为马普切人,生活在这个狗屁的国家就和黑人生活在亚拉巴马州一样悲惨。我把你派到乡下工作是因为觉得这样能让你免受城里那些麻烦事的困扰。而且我不厌其烦地跟你重复,千万、千万、千万不要和当兵的过不去。他们自认为地盘是他们的,游戏是他们主宰的,规则也是他们制定的。很不幸,事实的确如此。"

"头儿,我无意冒犯,但我只是做我该做的事罢了。我拿薪水办事啊。"

局长不得不再次承认，这个该死的家伙说得有理。大凡优秀的警察都是自杀者一族，他想。紧接着，他高声朗读起了案卷。

"……由于警方不负责任行为的结果，公民马努埃尔·坎特拉斯的臀部被一把十四号猎枪击伤，致使其臀部受伤严重，右侧臀部的百分之七十受损……乔治·华盛顿·卡乌卡曼，你居然把坎特拉斯将军儿子的半个屁股给打烂了！"

"对此我感到很抱歉，头儿。我知道将军是个大人物，但这案卷里恐怕忘了提，他儿子可是一帮恶棍和盗马贼的首领呢。他们从三山庄园偷了一群荷斯坦牛①，也忘了提这小子还企图用他的乌兹冲锋枪把我们打得千疮百孔。"

局长点了一支烟，扶了扶鼻梁上的眼镜，继续读道："马努埃尔·坎特拉斯当时正与一群挚友外出郊游，他们都是授过勋的退伍军人，钟情于大自然和巴塔哥尼亚高原的美景。他们意外地碰上了一股迷失方向的牛群，出于对他人财产的基本尊重，他们决定将牛群赶回至它们原先吃草的帕莱纳地

---

① 荷斯坦牛原产于荷兰，风土驯化能力极强，世界上绝大多数国家均能饲养。

区。当他们在临时露营地过夜时,遭到了毫无征兆、令其猝不及防的袭击……还要我继续读下去吗?"

他当然可以这么做。往前读、往后读或者只需扫一眼,就可以看出所谓的官方说法无非就是一个彻头彻尾的谎言改头换面的说法而已。卡乌卡曼耸了耸肩,给自己也点了一支烟。

"纯属胡扯,头儿。还有,他们忽略了一点,正是为了给那小子留条小命,我才特意朝他的屁股开枪的。要是我稍微往上一点,那小子准被我打成两半啦。您打算怎么处理我?"

"明智的做法是遵从坎特拉斯将军的意愿,把你开除,然后在将军的刺客们追杀你的时候坐视不管。但是我得对我的手下负责啊!真是见鬼!"

局长拉开写字台的一个抽屉,拿出一瓶皮斯科酒和两个银质小酒杯,慢慢将酒斟满。

"干杯,小子。"

"干杯,头儿。您还没回答我的问题呢。"

当局长咽下第一口酒时,他感到喉咙里火辣辣的痛。当他咽下第二口时,随之而来的却是一种使人平静的愉悦感。

"局里的一位心理学家断定你由于工作辛劳而产生了极度

的疲倦，现在流行的说法叫什么'应激反应'，这种病导致了你行事鲁莽。"

"我不明白，头儿。"

"就是说你已经是半疯状态了，笨蛋！这种病把你变成了一个随意开枪的警察。你什么都别再说了！我必须把你调离这里，在首都圣地亚哥给你找份新工作。这个该死的国家有将近五千公里的边境线，到处都在走私毒品、牲口、烟草和武器，而我却被迫舍弃一个好部下，就因为他开枪打穿了一位将军的儿子的半个屁股！对待随意开枪的警察，要么把他们关进精神病院，要么把他们关进办公室。我是为你好才选第二个的，小子。咱们干一杯吧！"

首都。乔治·华盛顿·卡乌卡曼觉得，新工作就像打在他脸上的一记响亮的耳光。见鬼！他去首都能干什么？他抓了二十年的盗马贼和走私客，每天与山峦为伴；他可以安稳地睡在马背上，睡在雪地上挖的洞里，或者抱着树枝睡在栗树顶上防止自己被饥肠辘辘的豹子袭击。首都，圣地亚哥。这一切听起来都太可怕了。

"就没有别的解决办法吗？"

"没有，没有别的解决办法。你得挺住啊，我还没给你讲更糟的呢。因为回归民主的需要,上峰致力于改善警队形象。没有一家警察局愿意接受一个有随意开枪前科的警察。多亏我还有几个朋友,才在性犯罪调查科给你谋了一份差事。最后还有什么要问的吗?"

"有。首都天气怎么样?"

"冷,小子。八月份通常很冷。"

喝下了好几瓶皮斯科酒后,乔治·华盛顿·卡乌卡曼才从这突如其来的令他震惊的消息中恢复过来。他烂醉如泥地抱着潘佩罗痛哭,仿佛被逐出领地的酋长那般伤心,咬着嘴唇压抑着自己不哭出声来,结果把嘴唇都咬出了血。就像阿劳坎首领在战败后要交出胸前佩戴的象征指挥权的石头一样,在缓慢的告别仪式中,卡乌卡曼慢慢脱去了长筒靴,摘下了银质马刺,摘掉了头上戴着的奇廉①地区特有的帽子,告别了他那皮质马鞍、鄂梨木制成的马镫和羊驼肠子制成的马鞭,告别了那件曾为他遮蔽最严酷暴风雪的卡斯蒂利亚产的套头斗篷,还有他那保命的家伙——那杆短柄的雷明顿猎枪。它曾在许多危急关头保护了卡乌卡曼,却无法使他免受一位因

---

① 智利努布雷省的省会,位于智利中部地区。

为儿子屁股被打烂而大发雷霆的将军的责难。

一个星期后,乔治·华盛顿·卡乌卡曼探员以简朴、整洁、不带任何污泥和马粪的衣着,登上了飞往首都圣地亚哥的飞机。

"我们要去那里了。"他自言自语道。他闭上眼睛,不敢去看窗外匆匆而过的森林、草场、湖泊、冰川、峡湾、羊群和许许多多的牛群。

正如阿塔瓦帕·尤潘基[①]在歌中唱的那样:忧伤属于我们,而小牛属于别人。

[①] 阿塔瓦帕·尤潘基是阿根廷歌唱家、吉他手、作家罗伯特·查维罗(1908—1992)的艺名。

三

智利的刑事警察在国民中更为人知的绰号叫"渔网"。圣地亚哥刑事调查局的局长仔细翻阅了这个新来的家伙的档案。他没有对卡乌卡曼的到来表示丝毫的欢迎,恰恰相反,他像个昆虫学家一样仔细地打量着卡乌卡曼,然后突然说道:"原来是个随意开枪的警察,嗯?您怎么会进了刑事调查局呢?巡警队伍本该张开双臂热情欢迎您的到来的。"

"我必须回答吗?"

"如果您愿意的话。您知道我对马普切人有一套理论吗?"

"不止是您。法国思想家如卢梭、列维·施特劳斯、托多罗夫等人也都有对马普切人的理论。很多人都想告诉我们马普切人,我们是什么样的人。"

"您真应该待在巡警队伍里。马普切人喜欢绿色,绿色会让他们回想起阿劳坎的山冈和丛林,所以你们很愿意待在巡警队伍里。"

"有时候我们也当消防员或加入童子军。"

"我还听说你们沉默寡言。"

"而且是醉鬼，还很懒散。我们以前还是梅毒病人，后来盘尼西林改变了我们的习惯。没什么是恒久不变的。"

结束了这番兄弟般亲切而富有启发性观点的交流之后，局长让卡乌卡曼去人事处报到。人事处的负责人同样带着毫不掩饰的兴趣对他盘问了起来。

"我看过一部好莱坞明星克林特·伊斯特伍德主演的电影。他演的是一个从德克萨斯来到纽约的警察，他在纽约显得像个异类，就和您现在的感觉差不多。"

"您的意思是我像克林特·伊斯特伍德？"

"不是说您像他。电影里他扮演的角色是个从外省来的牛仔。乡野警员都像牛仔一样。我没说错吧？"

这个从外省来的探员默不作声，只是埋头阅读事先给他准备的工作指南。指南的内容并不多，尽可能地简约明了。

"您对小坎特拉斯的所作所为简直太轰动了。那可怜的家伙得重新移植一个屁股才能坐起来啦。注意管好您的子弹，随意开枪的家伙！"处长边说边向卡乌卡曼使了个友好的眼色，但卡乌卡曼并没有兴致和他交朋友。

"听说给我安排了一个房间，离这儿近吗？"

"让我看看，在圣华金区，应该是往南走。"

"离这儿有多少里？"

卡乌卡曼没等对方答复就离开了，留下那位处长和另两个警员讨论着一里相当于多少米。城市让他感觉既冰冷又粗鲁。在这里，卡乌卡曼不仅感到呼吸困难，连辨别方向也成了难题，因为这座城市被一层由各种气体组成的油腻气层包裹着，阳光不知道会从天空中哪个地方射进来。

卡乌卡曼走了半个小时，直到他不得不惶恐地在一幢房屋前的台阶上坐下来。一种浓稠的、肮脏的东西弥漫在空气中和他的肺里。看见圣迭戈大街上那些几近枯死的芭蕉树，让人不禁回想起这里往日的辉煌，树干上满是类似汽车尾气管上附着的铜绿色物质，令人作呕。卡乌卡曼自言自语道，应当像几年前那样谨慎行动啊。那时候，他连续几天追寻几个盗马贼，一直追到一个名叫巴尔马塞达的小镇北部，才在雪地里发现了他们的踪迹。顺着踪迹，他来到了一个天然形成的通道前。

这是一个位于群山之间的狭窄通道，两旁长着金丝贵竹。

这种生长在巴塔哥尼亚高原的竹子屹立在大雪之中，能承受不断加厚的积雪的重量。随着雪越积越厚，竹子的枝干向前倾斜，茂密的叶子为通道搭建了一个天然的棚顶，使警方的飞机无法侦察到里面的情况。痕迹显示，那几个盗马贼曾经从这里经过，或许他们现在就在通道的出口处。通道应该很长，因为卡乌卡曼没听见动物的叫声。

卡乌卡曼向前走了约二百米。突然，坐骑潘佩罗停了下来，鼻子里呼着热气，想要转身往回走。

"潘佩罗，怎么啦？"卡乌卡曼边勒缰绳边问道。

他抚摸着潘佩罗的前额，低声对它说了几句温存的话语，还给它喝了点啤酒，想让它安静下来。但潘佩罗把眼睛睁得大大的，摇着头，似乎表示它唯一想做的就是赶紧离开那里。

"好吧，去入口那里等着我。"卡乌卡曼把缰绳绑在鞍子上，然后拍了拍马屁股。马儿没等卡乌卡曼下第二道指令就一路小跑离开了。

卡乌卡曼端起他的雷明顿猎枪，又向前行进了约二百米。路面变得越来越松软。卡乌卡曼的双脚陷进了一种由雪、淤泥和马粪构成的混合物中。就这样，他继续前行着。他发现，自己每迈出一步，腿下陷的深度就多一分，直至大雪覆盖住他的膝盖。突然,他惊讶地发现自己嘴唇上居然还带着一丝傻笑。那时他才深切地感到潘佩罗是那样的明智,并且决定像它一样知难而退,因为腐烂物质的气味开始让他的精神感到麻醉,说不定还没到目的地他就已经带着幸福的表情死掉了。

"真糟糕,这些毒气可不是开玩笑的。"卡乌卡曼低声自言自语道,然后拦了一辆出租车。

开车的是个女司机,叫安妮塔·雷德斯玛,她说:"我知道那所公寓,十五分钟之内我们就能到。"于是,卡乌卡曼平生第一次听凭一个女司机摆布了。

遥远的太阳发出的微弱光线为这座城市增添了更多灰暗的色调。乔治·华盛顿·卡乌卡曼暗下决心:他不会在这里生活,更不会在这里死去。他发誓要尽早离开这里。

出租车几次在红灯前停车等候的时候,便有一群灰头土脸的男女老少围上来兜售一次性纸巾、创可贴、糖果等小玩意儿,或者直接乞讨几枚硬币。安妮塔·雷德斯玛拒绝了他们,不过她的举动与其说是拒绝,倒不如说是原谅。她继续驾车行驶,一路上巧妙地躲避着霸道的公交车、行色匆匆的行人、横冲乱撞像是想要自杀的狗儿和路面上与这座城市一样古老的洼坑。

安妮塔·雷德斯玛不时地通过后视镜查看这位男乘客的面孔。他对街上的东西丝毫不感兴趣。女司机觉得他在全神贯注地寻找着世界上只有他一个人能看见的角落,他也许找到了,也许没找到。那面小小的长方形的镜子中,外省探员的目光不可避免地与安妮塔·雷德斯玛的目光相遇了。他发现这个女人的眼睛有着蜜一样的颜色,这令他心情愉悦。

安妮塔·雷德斯玛对卡乌卡曼的目光报以微笑。这微笑虽然并不挂在嘴上,却可以从她眼角细细的皱纹中觉察出。

卡乌卡曼感到十分害羞,连忙低下头。他的目光落在了副驾驶座上放着的一个蓝色小药瓶上。

"你养猪吗?"

"什么?"

"猪。你们这里管猪叫什么?豕、彘,还是别的什么?"

"叫猪。我要是能养猪就好了,那样我就去开一家香肠店。"安妮塔·雷德斯玛用她四十年来积攒下的全部幽默回答道。

"这瓶子里装的是一种除虫剂,可以除去猪身上的寄生虫。"

"这是买给我的狗的。这个可怜的小家伙身上长了虱子。"

"是白色的还是棕色的虱子?"

"我也不知道……我从没看见过……我只看到我的狗在不停地搔自己。"

"那应该是棕色的虱子。白色的不会引发瘙痒感。这除虫剂是给猪用的,药效很强,会把你的狗杀死的。猪的皮很厚,皮下的脂肪可以阻止毒素进入器官,而狗的毛皮太薄。你把一斤荨麻放进一升醋里,煮到液体只剩一半为止。然后把汤剂抹在狗身上,保证你的狗不再受虱子困扰。"

外省探员在后视镜中看见女司机再次用一个微笑表示感谢。女司机眼角细小的皱纹使卡乌卡曼备感亲切,看着那些细纹,卡乌卡曼回想起,马普切妇女从来都是带着骄傲展示自己的皱纹的,她们坚信自己的脸是唯一可信的地图,因为脸上的那些沟壑都是真实存在的。

他们在沉默中继续着行程,在后视镜中对视,直到出租车停在一栋两层楼房前。

"朋友,咱们到了。您不用付我车费了。"女司机说道。

"是因为我给您的建议吗?我们南方的秘方可是从来不收费的。"外省探员反驳道。

"我还是得谢谢您。我欠您一个人情,朋友。"

"对不起,可是我不认识您。我不太明白……"

"我在报纸上见过您的照片。您给了那个老混蛋的混蛋儿子一个应有的惩罚。"女司机一边兴奋地说着,一边递给卡乌卡曼一张写有她手机号码的名片,并承诺只要卡乌卡曼需要,她随叫随到。

乔治·华盛顿·卡乌卡曼下了车,心里默默地疑惑自己是否值得这样的优待。

卡乌卡曼被分配到公寓里一个陈设简陋的房间。他接受了女主人的安排,没有提出任何异议,然后便走进了自己的房间。当房间里只剩他一个人的时候,卡乌卡曼一下子躺在床上,思忖着到底是什么原因让人们对双性人如此厌恶——女主人坚决禁止这种人在房间里聚集。

八月的寒气和房间光秃秃的四壁产生的孤独感使卡乌卡曼进入了梦乡。他睡得很轻,但不一会儿就因为闻不到他所喜爱的气味而醒来。他闻不到自己那床填满了上好麦哲伦绵羊毛的褥子的气味,闻不到铁制取暖炉里柴火燃烧的气味,也听不到柴火劈啪作响的声音,闻不到搅动着大地的雨水的气味,闻不到南方各种气味组合的那种最起码的气味。

百无聊赖中,卡乌卡曼忽然想到自己已经饿了整整一天。他打算出去吃点东西。不过,在那之前,他还不忘检查一下自己的卡塔利纳手枪是否已经上好油,十一发九毫米子弹是否已经上膛。

卡塔利纳手枪是阿根廷产"巴列斯特尔·莫利纳"手枪中的一种。这是他走之前局长送给他的礼物。

"什么时候都带着它,小子。这个时候毫无防范可是不行的。"

的确是个好建议。他不能毫无防范地进城。于是,卡乌卡曼把手枪别在背后,恰好在脊柱最下方。

大街上,寒气与湿气止不住地往卡乌卡曼的衣服里钻。他遇到了几个行色匆匆的路人。所有人行走时都蜷缩着身子,并且把身体向前探,仿佛他们的肚子上都中了一箭。为了躲避寒冷,他看到一家小饭馆便走了进去。在等服务员给他拿菜单的空当,他略带伤感地回想起自己在巴塔哥尼亚高原的伙伴们。此刻,他们可能正烤着羊排、喝着马黛茶,边耍着牌边讲着黄色笑话呢。

卡乌卡曼索然无味地切着盘中薄得像邮票一样的牛排,可菜单上明明写的是里脊肉啊。这时,两个板寸头的家伙不请自来，在他身边坐下。

乔治·华盛顿·卡乌卡曼抬起头打量着他们，抽动了几下鼻翼。在小餐馆混杂着红酒和油炸食品的气味中，他辨别出了一种来自兵营的特有的恶臭。

"看来，你就是那个该死的印第安人了。"其中一个家伙向卡乌卡曼"问候"道。

"该死的？不不，我是从艾森省来的①。"卡乌卡曼边吃边纠正他。

"我说你是该死的印第安人，你就是该死的印第安人。懂吗？"那家伙坚持说。

"不，你这样会给我造成身份上的问题的。我想知道我到底是从哪儿来的。"外省探员解释说。

"听着，该死的印第安人。我们是马努埃尔·坎特拉斯的朋友，我们要阉了你。"另一个家伙边说边用指关节在桌上有节奏地敲击着。

"可以呀，不过不是用这只爪子。"乔治·华盛顿·卡乌

---

① 在西班牙语中，"de+名词"所组成的短语可充当形容词修饰短语之前的名词，也可以表示"从……来"。在这里，卡乌卡曼机智地将对方的第一种用法故意理解为第二种用法。

卡曼边回答边拿着叉子朝那家伙的手插了进去。

卡乌卡曼手里紧紧握着卡塔利纳手枪的枪托,望着那两个家伙离开了。临走之前,一个家伙口中还不住地念叨着要给卡乌卡曼施加阉割、大卸八块、电刑等恐怖的刑罚,另一个则不住地哀号,试图把卡乌卡曼插进他手里的叉子拔出来。

卡乌卡曼没有吃饭后甜点,也不去理会餐馆老板沮丧的神情。他付了包括叉子在内的所有费用,掏钱的时候翻出了女出租车司机的名片。

不知道究竟为什么,卡乌卡曼拨通了女司机的电话。当他听见电话那端传来的友好声音的时候,他感觉好极了。

"我是给你除虱子方子的那个人。"

"我正等着您的电话呢。您有麻烦了吗?"

"您是怎么知道的?"

"朋友,您的照片已经上报了。在圣地亚哥,现在可是恶人当道呢。告诉我您在哪儿,我去接您,一会儿就到。"

十分钟后,坐在安妮塔的车中,卡乌卡曼不断重复地想着自己既不想生活在圣地亚哥,也不想死在这里。

"我们去哪儿?您说去哪儿我就把您送到哪儿。"

"咱们随便逛逛吧。我请您喝一杯。"

安妮塔发动了引擎。一路上，她尊重这位外省探员的沉默。这个男人身上具有某种既让她感到躁动又能打动她的特质。他不是"七海游侠柯尔多"①，也并非"独行侠"②，但安妮塔在他的身上看到了劳苦大众所期盼的那个蒙面复仇者的影子。

车子穿过市中心，这里可能是这座行将就木的城市靠购物刺激而显得最具活力的地方。这时，安妮塔小心翼翼地打开了收音机。新闻播报员在广播中播报说，智利目前情况很好，非常好，前所未有的好。随着出口贸易高峰的到来，所有人都将有一个光辉灿烂的未来。播报员情绪高涨，不断重复地播报一个想要竞选总统的家伙提出的最新设想："我们当今的社会主义就是要让每个智利人都能成为比尔·盖茨。"伴随着这些新闻，车子来到了一处人烟稀少但灯火通明的公园。

"看看这座小山。尼古拉斯·纪廉③曾为它写过诗：'圣卢

---

① 意大利漫画家雨果·布拉特（1927—1995）作品中的人物，是一个水手兼冒险家。
② 美国作家弗兰-斯特莱克（1903—1962）创造的人物形象，是美国"西进运动"时期德克萨斯州的一个蒙面突击队员。
③ 尼古拉斯·纪廉（1902—1989），古巴著名诗人、记者、政治活动家。

西亚的小山,在夜晚充满罪过,在白天又是那样无辜。'现在它既不是充满罪过,也不无辜了,整个国家也是如此。"安妮塔叹息道。

"马普切人管它叫悲痛之山,这是个神圣的地方。"卡乌卡曼评论道。

"直到西班牙人登陆瓦尔迪维亚港[①],后来在山脚下建立起这座该死的城市。我同意去喝一杯。"安妮塔·雷德斯玛说完,重新发动了引擎。

---

① 智利港口城市,16世纪西班牙殖民者在当地建立了早期殖民点,随后逐步扩大统治范围。

四

第二天早上八点,探员乔治·华盛顿·卡乌卡曼走进了紧挨着刑事调查局总部的一栋建筑。门牌是一块亚克力板,上面沾满了苍蝇的粪便,门牌上写着:性犯罪科位于二层。

一走出电梯,卡乌卡曼就觉得自己肯定是走错了楼层,仿佛误入了一所秘书学校。写字台前坐着六位年轻而妩媚的女郎,这间摆放着优雅室内植物的房间似乎很难与警察局搭上边。但是,坐在第二张写字台前的黑发女郎腰间紧紧别着一把勃朗宁手枪,这使卡乌卡曼确信这些女郎的确都是他的同事。于是,卡乌卡曼先清了清嗓子,然后腼腆地向大家打招呼问好。

六位女郎中没有人回应他,甚至连看都没看他一眼。外省探员脱下外衣,心想着这个脱衣女郎的招牌动作至少能给她们传递两点信息：第一，他是个实实在在的大活人；第二，他是穿着衣服的。

"您需要再往上走一层。"腰间别着勃朗宁手枪的黑发女郎说道。

"什么叫再往上走一层？"

"去复印材料呀。没人告诉过您要去复印材料吗？"

另一位女郎把手指从键盘上移开，略带反感地让卡乌卡曼过来。乔治·华盛顿·卡乌卡曼把警局的调令递给了她。

"哇，你们知道站在我们面前的是谁吗？是从巴塔哥尼亚高原来的查尔斯·布朗森[①]呦！"

就算她称他为火星人、早产儿或者章鱼都无所谓，反正这些词带来的效果都一样。这帮女警察把他从头到脚、从左到右放肆仔细地瞧了个遍，还不时地低声说笑。

"瞧他的样子！我上一次看见这种短发还是在电影《吸血鬼》里呢！"那位看起来最年轻的女郎惊呼。

"看他的打扮！谁说带褶的衣服已经过时了呢！"另一位

[①] 查尔斯·布朗森（1921—2003），美国演员，所扮演的角色大多是探员、职业杀手、保镖、拳击手、黑帮暴徒等。

补充道。

外省探员暗想，城市里的法则应该和秃鹫窝里的是一样的，如果有一只筋疲力尽的鸟儿飞错了窝，鸟窝真正的主人们会先观察它，然后立刻把它吃掉。

"我会去换个发型，买件阿玛尼穿穿，改变一下自己的形象。"卡乌卡曼边解释边整了整衣服的翻领。

女警们相互望着，眼神中带着些许迷惑。"原来他还会说话啊！"她们心里暗暗想。

"乔治·华盛顿·卡乌卡曼，您应该是英国佬的后代吧。我的爷爷叫埃文斯，是威尔士人。说不定咱们还是亲戚呢。"另一位女警说。

"我可不这么想。不过我爷爷确实在巴塔哥尼亚认识了几个威尔士人，他帮他们捉过虱子。好了，既然诸位都那么和蔼，我想知道我在哪里办公、要做点什么，能告诉我吗？"

"我们会给您准备一张桌子的，其他的再看吧。"那位佩带勃朗宁手枪的黑发女警打断了他的话。

她们给卡乌卡曼在走廊里安排了一张办公桌，办公桌正对着电梯。外省探员猜想，她们或许把他与看门人或失物招领处负责人混为一谈了。但是，他并没有提出异议。桌子有三个大抽屉，里面空空如也，如同卡乌卡曼的前途一般。

卡乌卡曼在桌子前坐下，双手交叉放在空荡荡的桌面上，开始犯起嘀咕来：潘佩罗怎么样了？它的新主人每天下午把它牵回马厩前，都会给它刷刷毛吗？在骑过它之后，会不会查看一下它的蹄甲呢？会不会记得把塞在马蹄铁中的石子取出来呢？会不会发现它喜欢喝啤酒呢？

中午时分，卡乌卡曼开始犯困了。一上午，他看见好几个女子进进出出，有的眼眶青紫；有的面容苍白憔悴；有几个年纪轻轻，明显是刚刚哭过；还有几个年纪大一些，浑身上下散发着受害者特有的恼怒，看得出她们极力想摆脱这种困境。对于最后这一类女性，卡乌卡曼看得尤为仔细，甚至想要离开这荒谬的办公桌，这简直就像一件没人要的破烂。他想请这些女性到咖啡馆喝一杯，告诉她们这种恼怒是正确的，因为这是避免脸上挨拳头的第一步。没错，把这些统统告诉她们，还要给她们讲弗蕾西亚的故事：当战争即将来临时，面对丈夫的犹豫不决，这位传奇的马普切女战士一把将还在吃奶的孩子丢给丈夫，坚定地说："带好你的孩子，让我看看你还能干点事。保卫家园这种事就让我来吧。"

那位腰间别着勃朗宁手枪的黑发女警一边假装读着一些

文件，一边走近卡乌卡曼。

"这桌子不错，我很喜欢。"卡乌卡曼说道。

"那就好，这样对我们大家都有好处。您听好了，我们可不喜欢您混在我们中间，因为我们知道您是那种爱枪子儿胜过爱法律的人，我们讨厌随便开枪的人。在这里我们用另一种方式工作。您听懂我说的了吗？"

"完全明白。我向您保证我会试着改正的。如果碰巧我要去抓捕一个对妻子使用暴力的家伙，去之前我会往弹夹里塞一个社会协管员，而不是一颗点三八口径的子弹。"

"您不会去抓任何人的。我会让人给您配备一些办公用品、一部电话机和一台录音机。根据规章，所有举报都必须录音。"

"也就是说我要开始工作了。多谢。"

"虽然我不能阻止您工作，但是我可以肯定，您是绝对不会被允许介入任何案子的调查的，任何情况下都不可能。我再跟您重复一遍，我们不希望您待在局里，是谁把您安排进来，我们会找那家伙算账的。希望您耐心等待指令，不要擅自行事。到这儿来的大部分都是遭受虐待的妇女，她们之中不会有谁再会信任一个男人，更何况还是个马普切人。我很抱歉，但事实就是这样，我们必须接受。当我们认为有必要的时候，您可以帮我们一把；但是我再跟您重复一遍，您将不会负责任何案子。"

外省探员想，或许她们最好是把他插进花盆里，每天给他浇点水，然后坚信着有一天他会开出模样看得过去的花朵。黑发女郎整了整腰间的勃朗宁手枪，做出一个要离开的手势。

"请等一下，我能问您一个问题吗？"

"没问题，只要是和工作相关的。"

"如果来了一个被一帮修女强奸的卡车司机，我该做些什么呢？"

中午，工作人员来为卡乌卡曼装电话机。装电话机的技工和许多傻瓜一样，都认为靠一部电话机就能完成人与人之间的交流。他夸夸其谈地向卡乌卡曼介绍电话机上各种各样的按键，只要轻轻一按就可以拨通警局的任意一个部门了。不过，由于卡乌卡曼不知道其他部门的号码，技工劝他还是先别乱拨了。

工作结束后，装电话机的技工就走了。那些女警也走了，她们要去食堂，走过卡乌卡曼身边时，正谈论着素食饮食法的种种好处。办公室里只剩下他一个人了。

乔治·华盛顿·卡乌卡曼等待着电梯门关上的时刻。然后，他拨出了第一个电话。

"您怎么样？"安妮塔·雷德斯玛问候道。

"妙极了。现在我自己有了一部很棒的电话机。"

"如果您有麻烦，请马上用它。"

"昨晚吃晚饭的时候，我遇到了几个不速之客，把我吃饭的兴致都弄没了。"

"明白了。晚上九点左右给我打电话吧。"安妮塔·雷德斯玛说。

卡乌卡曼刚刚挂掉电话，电话铃声便第一次响了起来。

"昨天让你给跑了，不过你会为你对马米托①所做的一切付出代价的。"电话那端一个嘶哑的声音威胁道，这声音是拜劣质烟草所赐。

"原来你们管他叫马米托呀。你们这帮小子还是太嫩啦！你告诉你的同伙，他可以留着那把叉子做个纪念。"

要是出了人命，追到天涯海角也就罢了。可仅仅为了一

---

① 马努埃尔的昵称。

场屁股的闹剧就搞这么一出，真是不靠谱。外省探员暗暗想道，这帮家伙的脑子应该是被烟熏坏了吧。

这时，电梯里走出一个女人，把卡乌卡曼不知飘到了哪里的思绪又拉了回来。她在一张张空办公桌之间转来转去，像是要寻求帮助。最终，她叹了口气，朝卡乌卡曼走来。

"一个人都没有吗？"女人带着不信任的口吻问道。

那女人长得人高马大，六十来岁，发髻紧贴着后颈。她并非独自前来。只见她右臂上挂着一个仿鳄鱼皮的包，左臂挽着自己的丈夫，那男人一脸的不情愿。

"我也是人呐。"外省探员说道。

"亲爱的，家里的事还是在家里解决吧。"男人嘟囔着说。

"住嘴，伊波利托！警察先生没让您说话，您就什么都不要说。"女人命令道。

名叫伊波利托的男人开始啃自己的指甲，与此同时，女人打开假鳄鱼皮包，在包里翻找着，最后终于找出一张纸。

"您看看这个。"女人边说边把纸递给卡乌卡曼。

那是一张长长的电话费发票，账单上的费用至少抵得上卡乌卡曼一个月的工资。男人哭丧着脸啃指甲，脸上泛起了皱纹。

"亲爱的，别这样。"男人呜咽着说。

"费用可真够高的。"外省探员说。

"远远不止这些呢。您仔细看看通话记录。"女人说。

卡乌卡曼又看了一遍账单。上面详细记载着一个月以来的通话记录，这些通话大部分都很简短，费用也很低，但其中有十个电话的通话时间很长，占了费用总额的绝大部分。

"您知道这个卑鄙小人都干了些什么了吧？"女人边说边要用手指弹丈夫的头。

乔治·华盛顿·卡乌卡曼耸了耸肩。或许这个伊波利托的确胆小如鼠，但是即便是老鼠，它们也会在生命中完成一项必要的使命，至少在巴塔哥尼亚丛林中的老鼠是这样的。此外，老鼠是一种很脆弱的生物，直觉告诉卡乌卡曼同情心的天平应该朝他倾斜。况且，他还是个男人，纯粹出于同类的怜悯，卡乌卡曼也想要替他作些辩解。

"对不起，女士！我不太明白您是什么意思。"

"我的意思是他被人耍了、骗了、愚弄了。这个混蛋居然舍近求远，老是给那些臭婊子打电话。就是这个意思！"

"您这么做了吗，先生？"卡乌卡曼问伊波利托，他不过是没话找话而已，因为女警们回来了，卡乌卡曼强忍着没有放声大笑出来。

"问好了吗?您还犹豫什么?赶紧把那些婊子抓起来吧!"女人用挑衅的口吻说道。

"女士,这类事情得由维护消费者权益的部门来处理,不过前提是您丈夫承认自己被骗了,也就是说他享受到的服务与之前承诺的不相符。还有,只要伊波利托愿意,可以随便打电话,没有哪条法律能阻止他。再见!"

女人左臂挽着丈夫怒气冲冲地离开了,嘴里不停地骂骂咧咧,咒骂着整个美洲大陆的印第安人。

"您接受过公关培训?"勃朗宁女警问。

"如果您愿意,我可以教您几招。"外省探员回答道。

"别逗了,伙计。不过,既然您已经开始工作了,那么您就看看这些卷宗吧,谁知道它们哪天会不会变成一个案子呢。"女警说着就把几个文件夹递给了卡乌卡曼。

所有文件夹的封面上都写着"热线"两个字。结果,乔治·华盛顿·卡乌卡曼一整天的时间都浪费在梳理电话账单上了。这些都是想找乐子却又付不起钱的家伙。

五

彩票、赌球和老虎机都是官方许可的赌博。同理,热线电话使一种与人性一样古老的性实践得以复苏,银行和高利贷机构对此感到非常欣慰,而且热线电话可以让性实践从教会的束缚和年轻人的专利中解放出来。不过问题在于,野地里怎么搞都是免费,而电话性行为则将它变成了一种奢侈的享受。

"现代技术也会带来性生活的混乱,安妮塔。"乔治·华盛顿·卡乌卡曼评论道。与此同时,安妮塔低头仔细看了看卡乌卡曼那双长满了老茧的脚。

安妮塔·雷德斯玛住在圣伊西德罗区的一幢小房子里。她所有的家具都和她本人一样注重实用性和功能性。墙壁上装饰着粗麻布,让人回忆起一个与现在相隔并不久远的过去——牧师会社①的那段时光。除此之外,墙上还贴着一些智利音乐节的海报,海报上的维克多·哈拉②面带微笑,仿佛他的生命在他的榜样力量和歌声中一直在延续。录音机里西班牙歌手胡安·马努埃尔·塞拉特的歌声引人入胜,瓶里的安杜拉加产的红酒必须小口小口地品味。

"护身符"是一只没有高贵血统的普通小狗,但是它一直在摇尾巴示好,甚至连睡觉的时候都不忘这么做。此刻,小狗正趴在炉子边,它刚刚摆脱了虱子的骚扰,显得十分快活,那天真的样子也只有马普切人夸赞的小狗才会有。它与"护身符"这个名字并无关联,这仅仅是对德国作家赫尔曼·黑塞作品最后的回忆而已。安妮塔与她这一代许许多多的人一样读过赫尔曼·黑塞的作品,却没有意识到随着时间的流逝,他们也终将遭受失败的命运。

乔治·华盛顿·卡乌卡曼拿起粗制的绿玻璃酒杯,杯身上有一只体态优美的小公鸡浮雕。他往杯子里倒上酒,同时乖乖地听从安妮塔的指示。女伴轻声说:"另一只脚。"她正

---

① 牧师会社(1976—1992)是智利的一个天主教组织,其宗旨是为在皮诺切特独裁时期受到迫害的人士提供帮助。
② 维克多·哈拉(1932—1973),智利音乐家、歌唱家、政治活动家。

前倾着身子,为卡乌卡曼除去脚上的老茧。

"您看,朋友,"在他们约会的咖啡馆她就这么说过,"我相信星象。星星们告诉我,您和我最后一定会上床,因此,既然事情已经很清楚了,我建议就让我们跳过那些征服、引诱和谎言的仪式,以一种更好的方式来认识彼此吧!我家有足够的意大利面,还有好几瓶红酒。"

"我想咱们可以以'你'相称了。"卡乌卡曼回应道。

卡乌卡曼与安妮塔两个人加起来都有八十多岁了,这样的年龄使他们更渴望一种纯洁的爱情,不虚张声势,不肉麻煽情,也不要荒唐的借口。正因为没有什么可以失去,所以结局一定会是一次巨大的胜利。

"说实在的,你认为性欲会导致混乱吗?"安妮塔问道,一边用力地帮他刮去茧子。

"有时候会。我想起了在巴塔哥尼亚时一些脚夫给我讲过的一个故事。许多年前,智利和阿根廷两国军队剑拔弩张,一场大雨把好几个步兵连围困隔绝在了两国边境地区。大雨整整下了三十天三十夜,士兵们忍受着恶劣天气的折磨,其痛苦可想而知。就这样,一个月后我们这支光荣的军队中的一名中尉找到了脚夫,他问他们怎样才能让胯下蠢蠢欲动的家伙发泄一下。脚夫们回答说，如果非常急的话，最好的办法是牵一头母骡到河边。这位中尉是个很有尊严的人，他勃然大怒，威胁说要把这些道德败坏的脚夫统统枪毙。又一个月过去了，雨没有停，还开始下雪了。那个中尉再次去找那群脚夫。这一次，他放下尊严，低声下气地请求脚夫给他安排一头母骡。单纯的脚夫没多想，也不明白中尉怎么会如此害羞，就答应了这位军官的请求，告诉他第二天到河边等着。第二天，中尉以军人特有的守时作风按时赶到了河边。他先命令脚夫们转过身去，随后脱下裤子，开始与母骡私通。这时，一个脚夫转过头来，对中尉说：'长官，您搞错了，那头母骡是用来让您骑着过河的，妓女们都在河那边呢。您不知道吗？'"

安妮塔的笑声惊醒了熟睡中的"护身符"。她一边笑一边扑到了卡乌卡曼身上。卡乌卡曼又一次证实，安妮塔的双眸是略带蜜色的，她的双唇则沾着蜂蜜和红酒的味道。

六

第二天早上,外省探员愉快地起床了。他从床上一跃而起,感到那双没有了老茧的双脚可以把自己带去任何地方。

"事件还是案件,怎么裁定就要取决于您了。"带着勃朗宁的黑发女郎对卡乌卡曼说,指了指站在他办公桌前等候的一对男女。

已经有人慷慨地搬来两把椅子放在了卡乌卡曼的办公桌前。卡乌卡曼心想,再拿一个烟灰缸过来就更好了。

"您是热线方面的专家吧?"男人问道。

"我追踪热的线索已经有二十多个年头了。"探员回答道,同时回忆起许多次在山间小道上摸到软软的、冒着热气的马粪时心里那种翻江倒海的感觉。

卡乌卡曼请两人就座。女人个子不高,大约有四十五岁。尽管脸上带着忧虑的神情,她仍表现出满满的自信,相信自己正处于魅力十足的美好年华，而且希望一直保持下去。她优雅地坐下。男人身形瘦削，年纪比女人大一些，不停地揉搓自己的双手，他更想站着而不是坐下。

"先生，是电话账单有问题吗？"为了打破冷场，卡乌卡曼问道。

"不，正好相反。我们有史以来第一次摆脱了赤字的困扰。"男人说。

"说来听听。"

"这是一件非常奇怪的事情，非常复杂。我想最好还是由我来解释吧。"女人一边说一边找烟。

外省探员一边用纸给她折了一个烟灰缸，一边拿起本子开始做记录。

"我的名字叫玛丽亚·隆巴迪，我的伴侣名叫塞尔西奥·特叶斯。我们虽然没结婚，但已经同居二十三年了。一九七五年到一九九九年间，我们一直作为流亡者生活在国外。我们曾是演员，军事政变之后，哦，不，现在应该说是独裁政权上台之后，我们丢了工作，因为我们被列入了一个黑名单。我们首先去了哥伦比亚，后来又去了西班牙。一九九九年，我们带着所有的家当回了国，满心希望能重拾演艺事业。但是这个国家已经变了,人人都明哲保身,对我们这种有流亡经历的人唯恐避之而不及。在找工作的过程中,我们花光了所有的积蓄。就在我们准备再次离开的时候,我们发现,一方面出于对艾滋病的恐惧,另一方面受现代生活的影响,智利人开始钟情于通过电话来发生性行为了。所以,为了生存,我们开通了一条热线。"

乔治·华盛顿·卡乌卡曼一边记录,一边在心里暗自猜想这些热线是怎样运行的。他用电话的目的和格雷厄姆·贝尔发明电话的初衷没有什么不同。或许这两位与那个倒霉的伊波利托之间有些关联。

"一切都进展顺利,直到几天前。"男人补充道。

"直到有的热线用户认为费用过高而拒绝付款。"卡乌卡曼指出。

"不,我们不负责收费。我们与电话公司签订了协议,收费的事宜由他们负责。我们从未收到过此类投诉。而且凡是对我们的服务满意的客户都会成为回头客。"女人纠正了卡乌卡曼的说法。

热线!热线电话!乔治·华盛顿·卡乌卡曼让两人给他详细讲一下热线是如何运行的。女人再次开始讲述起来。

"热线相当于妓院，不过是虚拟的。没有镜子，没有色情沙龙，也没有房间。提供服务的时候，我们不用出卖自己的身体，只需提供想象以刺激顾客产生一种性幻想。比如，一位先生打电话过来，问我穿着什么样的衣服。我问他想看我穿什么样的衣服，如果他说想看我穿迷你裙，我会回答他说，我穿着一条超短迷你裙，连屁股都盖不上。然后他会说我肯定没穿内裤，我就回答说，我从来不穿，并问他是怎么猜到的。就这样，我和这位先生之间的游戏开始了，我只需要待在家里，穿得整整齐齐的，根本用不着脱衣服。我时而是金发女郎，时而是黑发、红发，时而秃顶，时而头发浓密。我可以是人高马大的两米巨人，也可以是身材矮小的侏儒矮人。我可以比一只母鸡还轻，也可以比一头母牛还重；可以是平胸，也可以是波霸；可以是发情的熟女，也可以是情窦初开的小姑娘。客人们把我想成什么样，我就是什么样，而且我敢跟您肯定男人们淫荡的想象力很容易就会得到满足。"

"那这位先生呢？您接听女人们打来的电话吗？"

"一开始我们是这么尝试的，但后来发现女人的情绪一旦释放会对我们的生意产生不利。"男人像个哲学家一样一本正经地说，"现在，我是负责制造各种声音的技师。比如，有的顾客想要想象她淋浴或泡澡的样子，我就把淋浴器打开，让水从喷头流到脸盆里，同时，她向客人描述自己怎样用海绵按摩身体。还有些客人想要想象她和畜栏里的马、驴、狗在一起时的样子，我就学这些畜生叫唤。前几天，居然有个家伙想要想象她在马戏团里被象调戏，我就得学象吼。"

"我懂您说的这些了。但是，我还是不太明白两位为什么来这里。这里可是负责调查性犯罪的警察局。"

"是这样的，大约一个星期以前，我们开始接到一个非常奇怪的家伙打来的电话。他不是要听我们讲，而是让我们听他讲。"男人说。

"人各有喜好嘛。我看既然人家交钱了，两位也没什么可抱怨的。"

"他一直缠着我们不放。我们已经换了三次电话号码，但是一点用都没有。而且，他让我们听的东西简直太可怕了，太可怕了。"女人边说边拭去从眼角流下的两行泪水。这让探员感到有些迷茫。

一股恶臭不知从城市的哪个地方飘来。卡乌卡曼抽动了几下鼻翼，暗自想，自己这次遇上事儿了。

七

探员乔治·华盛顿·卡乌卡曼写好了案件报告,详细叙述了那对从演员变成电话性行为工作者的情侣来访的过程。在报告末尾,他提出打算当天下午去一趟那对情侣的工作室(他本来想用"虚拟妓院"这个词)来调查是否确实存在受害者所举报的那种反常、淫秽并且令人焦躁的来电。在离开办公桌之前,他将那对情侣留下的一盘磁带装进口袋里,决定先听一听,再考虑是否将其列入证物范围。

勃朗宁黑发女警在读了卡乌卡曼的报告后评论说,最让人焦躁的其实是居然有人会通过电话来卖淫,这简直是隔靴搔痒。她问卡乌卡曼会不会开车,如果会的话,可以给他配一辆车。

"我们乡野探员不仅会开汽车、卡车、快艇,会骑马,还会开小型飞机哩!但是如果您不介意的话,我还是走着去吧。"

"您说话一定要带点儿刺吗?"勃朗宁黑发女警问道,然后拿出一个盒子放在桌上。卡乌卡曼打开看了看,里面有一把史密斯威森点三八口径的左轮手枪、一个装有四十八发子弹的弹夹、一个肩背式枪套和几副闪闪发光的手铐。

上午余下的时间里,卡乌卡曼一直在思考自己手头的这个案子。这案子并不简单,因为他缺少处理该案件的一个十分重要的条件,按照局长的话来说,那就是百分之五十的推理思维。

"小子,理智虽然很重要,但它只是其中的一半,如果缺少了负责让我们的脑子转动起来的另一半,理智就是一堆屎。"

在当乡野探员的那些年里,每次在开始进行案件调查之前,卡乌卡曼总喜欢骑着潘佩罗一路小跑到艾利萨尔特湖边。在那里,碧绿而宁静的湖水中倒映着美景:森林坐落在湖泊周围,天空中的云朵由南向北快速飘过,候鸟正在迁徙之中,鸟儿的叫声预示着南方短暂的夏日时光即将结束。他就在湖边一遍又一遍地回想先前的案例,想象着盗马贼的惯常行为、体貌特征和不良习惯。这样静静地思考几个小时后,他就会对自己该做的事情了然于心,于是便用马刺在潘佩罗的肋腹处轻轻地踢几下，开始投入到工作中。

中午时分，安妮塔来接卡乌卡曼。她带着一只篮子，里面放着几块三明治、一瓶热茶和几个橙子。圣地亚哥飘落着轻柔的细雨，那潮湿泥土的气味让空气更加清新。

"我们去一个离天空更近的地方吧。"安妮塔说，然后发动了车子。

在圣克里斯托瓦尔山的山顶，两人享受着独处的快乐。距离他们下方几百米的地方，山坡湮没在茫茫云海之中，而峰顶则显出一种雷尼·马格利特①画作特有的甜蜜而虚幻的感觉。不过，他们知道，再往下一点就是动物园、葡萄酒厂、贝拉维斯塔区的花园以及这座处在八月中悲伤且忧郁的城市。

"我喜欢待在这里。"探员肯定地说。

"我也是。只要一有空，我就来这里。我幻想着哪天会突然从太平洋吹来一阵强风，彻底吹走这烦人的雾霾，这样下山的时候我就能找回在一九七三年失去的那座城市啦！"安妮塔一边剥着橘子皮，一边吐露着自己的心声。

"好吧。看来你也属于失败者一方呀！人们都说那年爆发

---

① 雷尼·马格利特（1898—1967），比利时超现实主义画家。

了一场战争。我一直想见识一下战争中的胜利者。不过直到现在，我碰到的都是失败者。除了这座城市之外，你还失去了什么呢？"

"比如，一个伙伴。他叫摩西·潘基列夫，跟你一样是个马普切人。你所谓的'失败者一方'是什么意思？"

"今天我认识了一对情侣。他们本来是演员，后来流亡到国外。等他们回到圣地亚哥的时候，发现这座城市已经不认识他们了。我为你同伴的遭遇感到难过。"

"我也很难过。不过我已经学会接受现实了。我们是在读师范专业的时候认识的。当时我们想当教师，想一起去遥远又神秘的南方。他向我描绘的南方美得像天堂一样。我们同居了两年，直到一九七三年九月的一天，他们从系里把他抓走了，从此他就再无音讯，变成了一个回忆、一本卷宗和又一个消失者。你呢？乔治·华盛顿·卡乌卡曼，你究竟是个什么人？"

"一个来自南方的人，就是你朝思暮想的那个地方。我是一个马普切面包师的儿子。他经常读《伟人选集》，我的名字就是从这儿来的。我还有一个兄弟，叫本杰明·富兰克林·卡乌卡曼。有一天，老爷子意识到，我们马普切人只有和法律站到一边才能生存下去。于是，我当了警探，而我的兄弟成了巡警。我们两个都喜欢自己的工作。"

车窗外，雨一直在下。车内，两人享受着这与世隔绝的舒适。雨水顺着车的前挡风玻璃滑落，形成了一道雨帘，将车内的空间保护起来。安妮塔将一盒潘丘三人乐队①的磁带放进录音机，然后往杯子里倒上茶。

"我想听听这里面的内容。"探员边说边从口袋里取出上午那对演员情侣交给他的录音带。

录音机里传出各种声音，其中大多数都是凄厉的惨叫声。这时，出现了一个男人的声音，低沉、沙哑而又坚定。他话锋直指同性恋者、妓女、左翼神父及工团主义者。他发誓，这些人将会为自己的不道德行为和背叛祖国的行径付出代价。紧接着，录音机里开始传出《我们即将胜利》②的片段，然后是一段萨尔瓦多·阿连德总统最后的演说，再后来则是哭声、绝望的呼喊声、哀求声、怒吼声以及那些从昏迷中被弄醒又被投入魔爪中的人们断断续续的呼吸声。

---

① 墨西哥乐队，成立于20世纪40年代，主要作品是《波莱罗舞曲》。
② 这是智利左翼政治联盟人民团结阵线的代表曲目。

安妮塔惊恐万分，赶快将磁带从录音机里取了出来。

"等等，别把它弄坏了。"探员说。

"这是哪个该死的家伙搞的鬼？"安妮塔开始哭泣起来，扭曲的脸上沾满了泪水。

乔治·华盛顿·卡乌卡曼抚摸着她的头发以示安慰。他期待出现一个奇迹能让天然的温柔重新回到那双蜜色的眼睛中，这时他想起了政变后几个月局长和他说过的一番话。局长很肯定地说，他们的工作必将变得史无前例的艰难，但他们可以保持自己双手干净。这样，当军事恐怖氛围退去之后，他们就可以骄傲地展示自己出淤泥而不染的尊严。

"这盒录音带是我跟你说过的那对演员情侣留下的。"

"你知道这些叫喊声是什么？"

"大概是剪辑出来的吧。"

"不！这些都是正在遭受拷打的人发出来的声音。我经历过这种地狱一般的折磨，所以我熟悉这些声音。我曾在格里马尔迪庄园①待过两个月！"安妮塔哭喊道，任由泪水在脸上

---

① 该庄园位于智利首都圣地亚哥，在军政府统治时期曾是对左翼人士实行拘留和酷刑的中心。

肆意流淌。车里的空间仿佛一下子变得狭窄了，因为所有恐惧的灵魂全部躲进来避难。

乔治·华盛顿·卡乌卡曼真想打开车门走下车去，消失在茫茫大雨中。他感到了别在后背上的卡塔利纳和左腋下的史密斯威森散发出的热度。他的右手不停地冒汗，有种想握住其中任意一把的冲动；他的食指颤抖着，恨不得扣动扳机，射出卡塔利纳中的十一发九毫米口径的子弹，如果不够的话，再打光史密斯威森里的六发。可是，他现在是孤身一人在这城市中，而他的任务是执法。

"都过去了，安妮塔。可怕的事情都过去了。"卡乌卡曼边说边拥抱她。突然，他为自己的话感到羞耻。这些安慰的话应该是这个意思：现在我们处于民主时期了，所以你应该原谅那些给你造成伤害的人。

"你要怎么处置这盒录音带呢？"安妮塔问，一边用手抹去泪水。

"这盒录音带将在预审时作为证物，如果有预审的话。"

"不会有预审的，军人们是碰不得的。"

雨已经停了。一只猛禽飞过汽车前挡风玻璃框定的一小片天空。它飞得那么高，以至于乔治·华盛顿·卡乌卡曼都认不出那是什么鸟。可能是雕，或是中美洲灰鹰，或是安第斯游隼。不管是什么鸟，卡乌卡曼仿佛听见它在对自己说，是时候走出安乐窝、丢弃"我的双手是干净的"这种幼稚观点了，因为他也难逃罪责，特别是要彻底地并且永远地明白任何人都难以独善其身。

"我们到哪里可以复制录音带？"卡乌卡曼问。

"我知道一个地方，我们走吧。"安妮塔回答，然后发动车子。

"大地"电台的办公室位于圣克里斯托瓦尔山脚下。这是一家由女性创办的广播电台，其日常运转也由女性来维持。电台创立的目的是让人们不要忽视女性的存在和力量。

安妮塔和电台的工作人员打招呼，工作人员热情地回应了她。一位音响师接过录音带，告诉他们几分钟后就可以复制好。

"你知道自己卷进了怎样一桩麻烦事吗？"安妮塔问卡乌卡曼，同时抚摸着他的一只手。

"我们要查清所有的事情。我是警察，而那盒录音带不能说明任何事情，它就是个塑料玩意儿，有人在上面录了些叫喊声而已。不过，问题是我们还不知道是什么时候录的。"

安妮塔转身向一群女人走去。外省探员猜想，她或许会跟她们谈论起他来。她会跟她们说，瞧，他冷酷的职业本质这么快就暴露无遗了，比我想象的时间还要短。这种情况在受害者身上时有发生：任何一个细节都被他们抓住不放，被说成是什么兆头；跟他们讲道理，反而会被认为是缺乏勇气。卡乌卡曼记起了一个曾经接触过的马普切家庭。当时，这家人的一群羊被偷了，他们都眼中充满了期待地注视着自己，还带他去查看一些很快就要被大雪覆盖的浅浅的脚印。其实这些脚印可能是鹿、羊驼或是麝留下的，而那家人却坚持说这毫无疑问就是他们家丢失的羊留下的脚印。他依然能记起那家人在南方冬天极寒的天气中饱经风霜的脸庞。当卡乌卡曼说自己无法追踪雪地上的脚印时，那家人一句话也没说，但他们失落的表情却胜过了所有言语。他们曾坚信他能帮他们找回羊，可他却让他们失望了。

如今，他又让谁失望了呢？色情电话的那对情侣只是表达了自己的恐惧而已，并没有进行任何投诉。如果安妮塔说的是真的，那么谁会敢来揭露真相呢？在任何一部美国电影里，警方都会先让录音带的制作者保持通话三分钟，然后就可以通过定位找到他。然而，不幸的是，他们现在身处的是智利。在这个国家里，上述情况不会发生，也从未发生过，虽然官方承认一些法律特赦的受益者曾经做过一些出格的事情。谁会允许一个乡野探员翻出那些污秽不堪的陈年往事呢？更何况他还是个马普切人！

当音响师拿着两盒录音带走近时，乔治·华盛顿·卡乌卡曼抽动了几下鼻翼。

"副本比原本听得更清楚。我把录音机发出的干扰声去掉了。"女播音员说。然而，卡乌卡曼的思绪不在这儿。他用迷离的双眼望着窗外渐渐开始暗下来的花园。

卡乌卡曼在等待一个线索，他确信这种等待是值得的。他耳畔回响的是马普切萨满那念念有词的话语，教导他要牢记马普切人的法则：每当砍掉一棵树，一定要在旁边再种一棵，如果是果树的话就要种两棵；如果不清楚某种草的功能，就绝不去触碰它；也绝不允许潘佩罗去吃那些汁液丰富的牵牛花。可是，说好的因果报应在哪里呢？那个给他可靠指引的声音在哪里呢？难道说，马普切的神明们也都不存在吗？

"不好意思，您刚才说什么？"看到音响师手里拿着录音带，卡乌卡曼这才回过神来。

"副本听得更清楚，因为我去除了干扰的声音。"女音响师重复了一遍。

原来这就是线索呀。"当羊驼们一言不发时，我们就能发现豹子的窝了。"巴塔哥尼亚高原的老辈们时常这样说。

乔治·华盛顿·卡乌卡曼接过录音带，指着房间尽头的一个架子笑呵呵地问道："那里存放的是录音带吗？"

"是的，那里存放的是电台录音。"那女人回答道。

"我想听一下军人们的访谈或发言。您可以帮我一下吗？"

面对一位决心在团团迷雾中追查到底的乡野探员，大地电台的女人们可不会去要求他出示什么司法指令才会开放自己的档案柜。她们立马带探员来到一间屋子里，紧接着两个女记者开始搬来整箱的录音带和一部录音机。就在卡乌卡曼戴上耳机准备开始听这些录音带时，他看见安妮塔转身出门，准备在昏暗的街上等待客人。

离开之前，安妮塔走到电台的内部对讲机前，用轻柔的语气说："一结束就给我打电话吧！"

卡乌卡曼正要站起来，一个女人给他指了指话筒。

"我不知道自己要找什么，也不知道什么时候能找到。"

"这不重要。我看你已经决定要一查到底了。"

"我过去一直都沉在底部,安妮塔,是时候浮到水面上来了。"外省探员说,然后开始在成百上千个声音中搜寻线索。

八

那对转行色情热线的演员情侣的工作间兼住所位于滕特立尼区的一幢老房子内。穿过圣地亚哥市中心,放眼望去净是些形形色色的小偷和扒手,外省探员终于找到了那幢房子的门牌号,然后通过对讲机呼叫。低声言语几句后,探员乘坐电梯来到了三楼。

他们请卡乌卡曼在客厅坐下。演员情侣家中的客厅同普通客厅没什么区别:一张沙发、两把大扶手椅、许多靠垫,一幅《格尔尼卡》①的复制品说明他们曾在西班牙生活过,还有一个摆满了书和零碎物品的柜子。客厅中央的小桌子上摆着一部电话机,它连接着一台带有功放的录音机。上面还摆着其他一些东西,卡乌卡曼认得出有顶针、铃铛、淋浴喷头

---

① 西班牙画家毕加索(1881—1973)的作品,描绘了1937年德国空军轰炸西班牙小城格尔尼卡的情景。

和盛有水的脸盆等物品。

"这些金属板是用来做什么的?"

"我用它来制造雷声。有客人希望她赤裸着身子在暴风雨里奔跑。"男人说。

女人身穿蓝色家居服,头发束成马尾,顺着脊背垂下来。她看起来一点儿也不淫荡。电话铃响了。女人向卡乌卡曼做了个手势,示意他把扶手椅靠近些。

"喂?你好,埃内斯托。又是你啊?死鬼!昨天我都要被你折腾死了,埃内斯托。你是说咱们重新再来一次?你是我的男人,我的!哦,我感觉到它了,它好大,来,快把它放到我的胸上,我好怕呦,你的小弟弟这么大会把我弄变形的。等等,让我脱掉内裤。现在好了,埃内斯托,埃内斯托,让我把它放进嘴里⋯⋯"

这个埃内斯托的热线大概三分钟左右。女人嘴里叼着一只圆珠笔,请求埃内斯托让她呼吸,因为他的家伙快让她窒息了。女人喘了几口气,示意他赶快完事,直到她发出了"咕咚"一声。

"三分钟。可以抽支烟或是做些其他事情。"男人嘟嚷着。

"要知道有些事不能太过匆忙。"

"那盒录音带您听了吗？"女人问。

"听了好几遍了。我们掌握的东西不多。再耐心等等，等他打过来，或许这样可以收集到更多线索。"

接下来的几个小时，卡乌卡曼一直坐在扶手椅中，而情侣则忙着接待不同的电话嫖客。那个男人确实是个出色的模仿者，为了满足一个失意的兽医，他学着马的嘶鸣声作为背景声音，那声音简直像极了潘佩罗的叫声。随后，他应一位有恋狗情结的客人的要求，学着一只狗愉快地嚎叫，同时女人呻吟着，享受着一只想象中名叫"尼禄"的狗带来的快乐。

乔治·华盛顿·卡乌卡曼心想，首都人的习惯还真是无奇不有啊。巴塔哥尼亚高原的男人们或许并不那么细腻高雅，但是他们至少知道怎么样去妓院和真人享乐。他怀念起有一次去智利奇科市堂娜苏尼达·布朗家里的经历。大家满心欢喜地到了那里，将马交给一个小伙子。边摘马刺边对舞厅的布置进行赞美通常来说是一番必不可少的礼貌寒暄，然后教民、老师、邮递员、高乔人、毛纺厂工人等各色老主顾开始相互打招呼，随后会邀请一位姑娘喝点什么，与她跳一支奇洛埃华尔兹、兰切拉舞、斗牛舞或是探戈①。接下来，在征得

---

① 上述舞蹈都是西班牙语国家中的一些特色舞蹈。

即将一起过夜的姑娘同意后,会和她打上几局牌,中间夹杂着黄色笑话。因为在巴塔哥尼亚高原,即使面对再卑微的妓女,也应当通过打牌、讲笑话来讨她的欢喜,在玩牌的过程中,还可以作上几句诗来显摆一下自己的才华。要知道,这一夜要想畅享鱼水之欢,爱情是最好的滋润方式。当这一切都结束时,大家会重新回到大厅,这时候就该彼此聊聊人生了。堂娜苏尼达会把刚刚烤好的馅饼分给客人们,告诉大家烤架上的羊肉已经熟透了。

"是他!是他!"男人叫喊道。

乔治·华盛顿·卡乌卡曼按下录音键,闭上眼睛仔细听。

"娘娘腔,我让你害怕了吗?还有你,小婊子!你们认为我不会再打来了吗?"那个粗暴、沙哑而又坚定的男人的声音开始说道,"我喜欢刺激,但你们这种下流胚子可吓不倒我。我知道你们去了警察局,而且现在还有一个该死的印第安人和你们在一起。印第安人,你在吗?我很高兴,因为过不了几天你就会成为我伟大计划的主角了。现在,你们给我听好了,颤抖吧……"

恐怖的气氛开始从音箱中散发出来,向外弥漫。

九

那对演员情侣的反应是歇斯底里的。他们嘴里不停念叨着这个该死的国家一点儿也没变,房子、警察甚至连空气都在军人的控制之下。与此同时,他们手忙脚乱地将家当胡乱塞进几个行李箱,然后便匆忙地离开了,甚至没和探员说声再见,也没有关门。

屋子里只剩下乔治·华盛顿·卡乌卡曼一个人了。他四处寻找看有什么喝的,最后找到了一瓶"黑猫"牌葡萄酒。卡乌卡曼打开酒瓶,给自己倒了一杯。他品了一口葡萄酒的美妙味道,同时将那盒录音带听了一遍又一遍。

那声音的主人犯下了一个致命的错误。那些撕心裂肺的叫喊、怒吼与哀求足足持续了十分钟,足够警方查到电话是从哪里打来的了,当然前提是警方在那部色情电话机上安装了窃听装置。这是个巨大的失误,但是声音的主人似乎并不在意这一点。长达十六年的独裁统治足以使那些罪犯相信，智利的法律可以让人逍遥法外。这种看法让他们对自己的失误嗤之以鼻，因为他们知道自己可以胸有成竹地主宰一切。

卡乌卡曼将录音带听了最后一遍，略带伤感地回想起，在他的探员生涯中，每当理清一桩案件的头绪，一种满足感就会涌上心头。但是在这里，在一间被两个演员遗弃的房间里，他感觉到的只有紧绷的身体，浑身的肌肉仿佛都僵硬了，在等待一场胜负难分的进攻。

卡乌卡曼又呷了一口酒。他拿起听筒，拨下一串数字。

"头儿？"

"小子，你怎么样？他们对你怎么样？"局长在遥远的巴塔哥尼亚说道。

"一如既往，我觉得自己总是麻烦缠身，到哪儿也好不了。"

"好吧。我猜你八成是搅进一桩和大人物有关的麻烦事了。"

"是的，头儿。我觉得死神盯上我了。事情很糟糕。"

"你想听听智慧老人的建议吗？回来吧，小子！现在就离开，坐火车、坐汽车、坐船、走路都行。这就是建议。我不喜欢像个智慧老人一样说话，因为真正的智慧老人从不提建议，他们只会凭借丰富的阅历默默观察。只有你自己知道自己应该做的事情，我唯一的建议就是你要掌握主动权，控制住事态的发展。"

"这才是我想听的。我会像乌伊尼亚斯猫那样小心翼翼的。"

"我不明白你的意思，小子。"

"当年，征服智利的西班牙殖民者佩德罗·德·巴尔迪维亚和一位名叫伊内斯·德·苏亚雷斯的女战士一起到达了智利中部阿劳坎尼亚。伊内斯的随身之物只有一把剑和一对猫。在现在的安戈尔市附近的一场战斗中，伊内斯丢失了她的猫，此后再也没有找回来。后来，巴尔迪维亚和堂娜伊内斯都相继离世，征服者们变成了克里奥约人[①]，而那对猫的后代则在阿劳坎的山岭中自由地繁殖起来。这种猫身材娇小、行动灵活，是捕猎能手。它们与家猫唯一的区别就是拥有四只大大的像带着拳击手套一样的爪子。我们马普切人称它们为乌伊尼亚斯猫，它们是十分勇猛的动物。有时，一帮猎犬才能围

---

① 指出生于美洲的欧洲人及其后裔。

攻一只乌伊尼亚斯猫。面临绝境时，它们不会像家猫那样蜷成一团，想把自己藏起来。正相反，它们在明知自己会被撕成碎片的情况下奋力扑向猎犬。它们坚信，自己绝不会就这么白白死去，就算是死也一定要挖掉狗的一只眼睛或是撕下狗鼻子上的一块肉。"

"小子，唉，祝你好运。"局长说。

"谢谢长官!"卡乌卡曼回答说。

卡乌卡曼挂上电话，呷了第三口酒。此时，他发现楼下街上传来的嘈杂声已经停止了。卡乌卡曼抽动了几下鼻翼，来到窗前。

他看见楼对面停着一辆车，车灯是关着的，但车引擎还开着。

乔治·华盛顿·卡乌卡曼回到电话机前，拨通了安妮塔·雷德斯玛的电话。

"安妮塔，你先把手头的工作放一放，赶紧去电台。"

"我已经在电台了。"安妮塔语气沉重地回答说。

"有人去过你家了?"

"他们杀了'护身符'。他们砍掉了它的脑袋，还往它嘴里塞了些树枝。"

"树枝的叶子又光又长,对吧?你待在那里别动。"

那是肉桂树,马普切人的神树。信息已经很明确了,外省探员自言自语道,同时检查了一遍卡塔利纳的弹夹和史密斯威森的枪膛。

卡乌卡曼走出了房间,没有关灯。这样,那些在楼下车里等候的人看到窗户还亮着,就不会从车里出来了。幸运的是,走廊里和楼梯上也是一片漆黑。卡乌卡曼摸索着,小心翼翼地往下走,一边祈祷着哪位邻居千万不要这时候回来,把楼道入口的灯打开。

乔治·华盛顿·卡乌卡曼像只苍蝇一样将身体紧贴在墙上,通过楼道大门的玻璃窗向外查看。那辆车距离他约四米远,紧贴着马路边缘停着,车里闪现的一丝微弱的火光向卡乌卡曼表明,司机正在抽烟,而且车里不止他一个人。

"大家都知道吸烟有害健康。坏习惯。"外省探员小声说道,同时左右手分别扣住史密斯威森和卡塔利纳的扳机。车里又一次亮起了火光,这回是一个坐在后排的家伙在点烟。

"好吧,既然别人都说我是只敏捷的猫,那么就让我来证明给他们看看。"

卡乌卡曼一把拉开门,一跃冲向街道。在双脚着地之前,他双手已经扣动扳机，枪声大作。那辆车副驾驶座的玻璃顿时碎裂一地。

那个手上被卡乌卡曼扎过叉子的瘦子再也不能破坏别人的晚餐了，因为子弹从他的右耳穿入，削去了他四分之一的后颈。那司机也无法在方向盘前坐好了，甚至连想都别想，此时此刻，他的喉部血流如注，而他所有的精力都用来堵那个洞了。

卡乌卡曼打开车的后门，看到一个胖子手持一支没有枪托的AK-47冲锋枪。那胖子显然是被吓呆了，不知道该干什么。他一手拿着枪，一手不停地擦拭喷溅在脸上的血迹和脑浆。卡乌卡曼将卡塔利纳的枪管抵进了他的嘴里，他被迫丢掉武器，从车里走了出来。

"我希望你会开车。"外省探员说道。此时，他将枪管伸进胖子的一只耳朵，后者一边喘着粗气，一边努力将司机的尸体拖出来。

空旷街道上的枪声之后，只见两具尸体倒在地上，淋着蒙蒙细雨。出于对恐惧的条件反射，家家户户纷纷关窗熄灯，算是对他们最后的告别。

"别杀我，我结婚了，还有孩子。"胖子边哀求边用领带擦去方向盘上的血迹。

"恐怕你没多少机会和你的孩子一起庆祝下一个父亲节了。现在把车开到五十迈以上，否则就叫你老婆变成寡妇。"

汽车在人迹稀少的大街上行驶着。车上的无线电装置中不停地发出"毒蛇二号，请回答""毒蛇二号，出了什么事？"之类的呼叫，打破了行程的单调气氛。

"这条街通往什么地方？"外省探员问。

"通向河边，请别杀我。"胖子哀求道。

"跟他们说，你们止跟踪我去中央车站，就说我乘坐的是一辆绿色雪佛兰。"

抵在胖子耳边的手枪让他不敢有丝毫怠慢。毒蛇一号回答说明白，并命令他们紧随其后。

"把前挡风玻璃上的血擦干净，笨蛋。你想弄出交通事故吗？"

胖子摘下领带乖乖地按照卡乌卡曼说的做了。他哭哭啼啼地祈求上帝保佑。他不停地冒汗，从他的毛孔里散发出一种酸臭味，像是廉价沐浴液、肾上腺素、恐惧或是什么更糟糕的东西混合而成的。乔治·华盛顿·卡乌卡曼动了动鼻翼。

"你把屎拉在裤子里了吗？狗娘养的！"

"别杀我!天哪,别杀我!"

"这要看你了。你少抖一点,身上发出的臭味还能少一点。你有手机吗?"

"后排座上有一部。"胖子回答道。

外省探员把手伸向后排座上的手机,查看了一下电池状况,满意地发现电池处于满格状态。圣马利亚大街依马波乔河蜿蜒而建。几辆豪车沿着这条大街向圣地亚哥的东城区驶去,向那些花园般的社区驶去,在那里世界上最好的国家被赋予了最糟糕的命运。

"他们说以前这条河上经常有尸体漂过,成百上千的尸体。这是真的吗?"

"这和我一点儿关系都没有。"胖子呻吟着说。

"我问你这是不是真的!"

卡塔利纳黑洞洞的枪口又一次对准了胖子的耳朵。

"是真的!所有人都知道这是真的!求求你,别杀我!"

"是怎么做的?"

"这些人在兵营或者审讯中心里被处决之后……"

"我不明白你的意思。什么审讯中心?"

"我们下辖的一些房子。就是我们从赤色分子手中没收的房子，用于刑讯……"

"就像格里马尔迪庄园？"

在卡塔利那枪管的威胁下，胖子开始像竹筒倒豆子一样悉数招来。乔治·华盛顿·卡乌卡曼听着骇人听闻的真相，他在遥远的巴塔哥尼亚接触不到的真相，他的那片田园乐土上根本不曾有过的事情，这些真相没有阻碍他在这样一个被凶手统治的国家里抓捕偷牛贼和走私客，伸张正义。

"有的人熬不过刑讯，直接死掉；有的人会自杀；还有的人被杀死纯粹是为了满足审讯者杀人的欲望。他们死了之后，会被开膛破肚，把肠子掏空，然后被扔进河里或是海里喂鱼……"

"往山上开，胆小鬼。我们要上山去。"

车子在一条狭窄的山间小路上攀爬，路两侧的树木和这座城市一样历史悠久。蒙蒙细雨给车子的前行造成了困难，车轮不住地打滑。然而，紧贴着耳边的卡塔利纳枪口却让胖子把车开得稳稳当当，仿佛是个山地汽车赛的车手一般。

车子驶上了山顶。卡乌卡曼命令胖子下车，双手抱住一棵树的树干，然后用手铐把他铐了起来。随后卡乌卡曼扬长而去，去呼吸山顶新鲜的空气。突然，他想起了那部手机，于是给安妮塔·雷德斯玛打了个电话。

"听我说,不要问任何问题。我正在咱们那天刚刚来过的地方,我会一直待在这里。我需要你召集许多人,越多越好,让他们早上七点到这里来,不要提前也不要迟到。七点整。还有,让所有人都带上一个便携式收音机,全部调到你们电台的频率。而电台的录音师要随时准备好记录下对话的内容,然后把这段对话播出去。"

"我明白了。就是这些吗?"

"就是这些了,安妮塔。"

"印第安人,我爱你。"女人低声说道。

"我也爱你,外乡姑娘。"马普切探员回答说。

乔治·华盛顿·卡乌卡曼给史密斯威森和卡塔利纳的弹夹装满子弹。接着,他将胖子身上的兜掏了一遍,找到一个装有威士忌的小酒瓶。

"今夜将会是漫长的。你最好还是睡一觉吧。"卡乌卡曼向胖子建议。

"你要在这儿把我杀死吗?"胖子重新开始抽泣起来。

"怎么搞的?你又要开始哭哭啼啼了吗?"

"我有钱。我家有美元,五千块……"

"企图向警察行贿可是要坐两年牢的。不过呢,既然你那么想讲,那么告诉我,他们到底想对我做些什么。"

"我们接到命令,要把你带去见一个重要的人物……"

"是坎特拉斯将军吧。然后呢?"

"我不知道,印第安人。我们只负责把你带去……"

"你的话我不信。骗子会让我脾气变差的。一个生气的马普切人可是很危险的,因为这会让他陷入沉思,比如就拿我来说吧,现在我就在想,你和我都是一个国家的,同属一块大陆,我们两个都是人。大概一千两百万年以前,这片土地上就已经有人类生存了。他们为的是什么呢?为的是最终变成你这副怂样吗?"外省探员一边沉思,一边将卡塔利纳的枪口靠近胖子的头。

"别杀我。看在上帝的份上,别杀我。"胖子抽泣着。卡乌卡曼对准他的后颈就是一拳,打得他昏死过去,瘫在地上。

十

夜晚漫长而又寒冷。天空一直下着蒙蒙细雨，雨丝打湿了松树的针叶，又变成豆大的水滴慢慢地滑落下来。不远处，巨大的圣母塑像正敞开怀抱，为这座该死的城市赐福。乔治·华盛顿·卡乌卡曼盘腿坐在地上，背靠一棵树的树干，望着城市街道闪烁的灯火。山下的动物园里不时传出某种不明动物低沉的吼叫声。潮湿泥土的气味让他整个人感到无比平静，这样的场景恰似他一直以来为自己死亡时所设定的场景。他等待着死亡，没有丝毫的恐惧，静静地坐在地上，望着艾森巨大峡湾中的海水。太平洋银白色的海水涌进峡湾，一直流淌到巴塔哥尼亚高原的深处，伴随着海豚特有的叫声。每当看到海豚神奇地跃出水面，卡乌卡曼便会感到，死亡不过就是创造万物的无限轮回中的一环。没有哪一件事情将会受到永世的惩罚，无论它有多么严重。

一只早起的鸟儿在黎明的黑暗中开始歌唱。卡乌卡曼看了看表,现在是早上六点。胖子仍然倒在地上,双腿叉开,抱着树干。卡乌卡曼朝他的腰上踢了一脚,把他叫醒了。

"你有那电台的密码吗?"

"你只要把车发动起来就行了。"胖子抽搐着说。

卡乌卡曼刚发动,电台便打开了。他拿起对讲机,开始实施计划的第一步。

"这里是毒蛇二号。毒蛇一号,收到请回答。"

沉默中夹杂着电波的咝咝声。在城市的某个角落里,某个人必定十分惊诧,无所适从。

"毒蛇一号,收到请回答。或者,你更喜欢让我称呼你为鼻涕虫?"

"印第安人?你没法逃走了。你会后悔自己出生在这世上的。"毒蛇一号咆哮着说。

"我不和狗腿子说话,把电话给你们的主人。"

"首先倒下的是你,然后是那个臭婊子出租车司机……"

"把电话给坎特拉斯将军,要不然会有第三个人死。"外省探员命令道。

"该死的印第安人,你怎么敢这么做?"传来了一个沙哑、粗暴而又坚定的声音。这声音与恐吓录音带中的声音一模一样。

"我什么都知道,将军阁下。我没费什么力气就听出您那公羊一样的嗓音了,媒体手中有您的录音带。我们做个交易吧。我七点整在圣克里斯托瓦尔山的圣母塑像下面等着您,记住了,七点整,您可不要迟到,一分钟也不能晚。"外省探员说完,毁掉了电台。

"你疯了,印第安人。将军阁下一到就会杀掉你的。"胖子抱着树干说。卡乌卡曼将卡塔利纳对准胖子的肚皮,胖子立刻住了嘴。

生与死之间的分分秒秒快速地流逝着。年老的坎特拉斯将军失去了他行事时一贯的镇定,正义的人们在等待着好消息的到来。滴漏计时器中只剩最后几滴水珠还没有滑落下去。

六点五十分,将军乘坐的奔驰轿车进入了卡乌卡曼的视野,另外两部汽车护卫着将军的座驾。三辆车在离圣母塑像不远的地方停下了。一抹淡淡的光亮悄悄爬上树梢。将军从车上下来。他身穿一件棕色大衣,戴着一顶相同颜色的帽子。胖子大喊起来,提醒将军卡乌卡曼带着武器,并请求将军救救自己。然而,将军并不理睬,步履坚定地走向卡乌卡曼。另外两辆车上的人也对胖子的求救无动于衷。乔治·华盛顿·卡乌卡曼拿出手机。

"现在，安妮塔，让她们开始录音吧。"卡乌卡曼边说边将手机放入上衣口袋。

"你输了，印第安人。我们没什么好谈的。"将军说。

"我知道自己输了。我们印第安人从一开始就注定要输，不是吗？但是，就算我死了，您儿子的半个屁股也回不来了。"

"我儿子的事还是小事。现在，开始往车那边走。一段旅程就摆在你的面前，让你终生难忘的旅程。"

"我会和那些受刑的人一样成为您计划的一部分吗？这毫无意义，坎特拉斯将军阁下。那些声音——那些痛苦的叫喊声是您以前录下的吧。您是在哪儿录的呢？在格里马尔迪庄园吗？"

"你是个可悲的印第安人，这一点让你永远无法理解我们这些胜利者。当你也被打得叫喊不停的时候，你就会明白谁是统治者了。不过，那个时候已经太晚了。"

"这么说那些人真的存在？您简直是疯了，将军阁下。您应该被送进疯人院，他们准会很乐意接收您的。"

"无礼的印第安人,你怎么会知道一个军人的想法呢。这些人当然存在,他们是我的战利品。汉尼拔、恺撒、希特勒,他们都把俘虏当做自己的战利品。希特勒用他们来充当自己武器工厂的奴隶,佛朗哥用他们来修建烈士谷①,我呢,用他们来保持对权力的崇敬……"

由远及近的阵阵脚步声打断了将军的演说。将军转过头,只见从周围的树林中冒出了几十个女人。她们用白色头巾裹着头,手里高举着自己失踪亲人的画像,仿佛举着一面面旗帜。安妮塔·雷德斯玛走在第一排。在她高举着的黑白画像中,摩西·潘基莱夫正在微笑。

"发生了什么该死的事情?"将军冲他的护卫者咆哮道。然而,女人们将他们的车子团团围住,阻止他们打开车门。

"您输了,将军阁下。"乔治·华盛顿·卡乌卡曼说,同时朝女人们做了个手势。女人们同时打开了随身携带的收音机。通过大地电台的电波,马努埃尔·坎特拉斯将军听到自己的演说被一遍遍地播放。

---

① 这是佛朗哥为纪念内战中阵亡的将士而修建的纪念堂,由内战中失败的左翼战俘于1940年至1958年间建造完工。

"该死的印第安人,我本可以在任何时候杀了你的。"

一队神情惶惑、昏昏欲睡的巡警一路小跑着赶了过来。迎着朝阳的光辉,卡乌卡曼亮出自己的警官证,奋力喊道:"警察!您被逮捕了,将军阁下!您要是敢动一下,我就打烂您的老二!"

短短几分钟内,这里便塞满了摄影机和记者,他们显得一头雾水。安妮塔·雷德斯玛紧紧抓住卡乌卡曼的一只胳膊。

"你看。"卡乌卡曼对安妮塔说,一边给她指着当年佩德罗·巴尔迪维亚建立圣地亚哥的那片山谷。

清晨降临了。垃圾收集车和往常一样开始了一天的工作,只为那座被寒冬所笼罩的城市能有一丝体面。

南美宽吻鳄

张力 译

一次漫长的告别

一群高管围坐在长桌旁，服务生快步走近，动作麻利地将香槟杯换成矿泉水杯，因为主人是滴酒不沾的。

唐·维托里奥·布鲁尼微微点头表示赞许，本想低声致谢，但没等他张嘴，坐在轮椅上的那个人侧身向他附耳说了些什么。于是，唐·维托里奥·布鲁尼疲惫的眼神转移到了轮椅同伴的深色盲人眼镜上。

"你心怀恐惧地看着我，我能感觉到，你别傻了，维托里奥。"盲人小声说。

唐·维托里奥将目光移向大厅里的众多宾客。

布鲁尼皮革集团的高管们背对着宽阔大厅的一面侧墙，墙体材料是铝和玻璃。其中有两个人正对着两扇半开的窗户，这时他俩可以呼吸到米兰湿润的空气。而其他客人都不得不硬着头皮忍受卤素灯和摄像机聚光灯产生的高温。

"他们在等着呢,维托里奥。"瞎子说。

唐·维托里奥·布鲁尼举起酒杯盯着看,仿佛要在酒的泡沫中寻找点什么合适的话语。但是他唯一的发现就是他终究无法完成最后这一次漫长的告别,因为连一个音节都没从他的嘴里蹦出来,更别说什么警报或喊疼了。他只是右手捂着脖子,好像要驱赶一只不合时宜的小虫子,随后重重地扑倒在杯子和鲑鱼三明治中。

"维托里奥!"坐在轮椅上的瞎子大声叫喊起来。他闻到了一股浓重的薰衣草精油味,他知道自己的保镖头子正在飞速地保护他离开这里。

阿尔帕亚警长扶了扶玳瑁眼镜,摸了一下留了三天的胡须。其实他的胡须也没长多长,虽然他坚持蓄须,而且每天洗脸的时候都抹一大堆生发剂。

"您喝一点吧,头儿。"皮埃特罗·奇耶里向他建议。奇耶里是个胖警察,重案组的同事们给他起了个绰号——布鲁克林小子。

"你的有氧健身课上得怎么样了?"阿尔帕亚和气地回答。

坐在办公桌另一端的女人的确很漂亮,阿尔帕亚警长要是在别的地方结识她就好了，比方说电影院门口。可惜这里是重案组的办公室，她的一双绿眼睛正盯着自己，像审犯人似的。

"知道吗？单纯从警长的角度而言，您很帅。"奥尔内拉·布鲁尼说着点了一支烟。

阿尔帕亚耸了耸肩，背后的墙上贴着的"禁止吸烟"标示让他有点尴尬，他摘掉了眼镜。

"小姐，靠阿谀奉承是办不了事的，因为也没有什么事要办。若尊驾肯离开我的办公室，我再次向您保证，有任何新消息我都会及时通知您的。"

"我父亲被杀已经过了快二十四个小时了，而您依然无所作为。"奥尔内拉不客气地回应。

"我们没有任何证据表明这是一次谋杀。我们正在等待尸检结果，然后才能决定采取什么措施。拜托了，请您走吧，我还有很多事没做呢。"

"我不关心您能不能找到一个凶手或者多个凶手。我就是要您知道，我父亲是死于谋杀。"她依旧坚持。

"您说什么就是什么。但是，首先我们必须等待尸检结果。请您不要逼我现在就下这样的结论。"阿尔帕亚警长几近哀求。

她叹了一口气,用脚踩灭了烟蒂,动作轻盈地起身。

阿尔帕亚也叹了一口气,但是坐在椅子上没动。

奥尔内拉·布鲁尼刚一关门,阿尔帕亚警长就伸手按下免提。

"奇耶里?双倍的量,马上。"他命令道。

没几分钟,皮埃特罗·奇耶里探员一百六十公斤的身体占据了整个门框。他右手端着一杯咖啡,左手拿着一份《宣言报》。

"这小妞会给我们惹麻烦的,头儿。您读读她写的关于她父亲被谋杀的东西吧。"奇耶里把报纸扔在了办公桌上。

"我都背下来了。"阿尔帕亚一口气把咖啡喝光了。

奇耶里拿起空杯子,仔细地看了看。

"头儿,我们要有客人来了,外国的。"

"你怎么知道的?你在说什么胡话?"

"杯里剩下的咖啡说的。一个吉卜赛女人教过我如何解读。我能预知未来,您想知道您的前途吗?"

"你和你的巫术都见鬼去吧。"阿尔帕亚冲他嚷嚷了一句,根本不想去看杯子。杯子里残余的咖啡仿佛真的出现了丹尼·孔特雷拉斯的样子。丹尼·孔特雷拉斯此刻正在离他不到五百公里的地方，看着冷风中大雪飞扬。一阵薄雾吹来，横亘在他与窗外的苏黎世城之间，使得他什么也看不清。

丹尼·孔特雷拉斯在瑞士保险公司总部的四楼有一间舒适的办公室，他喜欢坐在那里，尤其在寒冷的冬日里。

孔特雷拉斯厌恶寒冷，他将其当成自己的克星，甚至觉得最不幸的事情都是在天冷的时候发生的。远的不说，就说他前妻，正是在冬日里的一天和情夫私通的。假如这一切发生在夏天，比如到托雷莫利诺斯①避暑的时候，好像就没多大关系，大不了就算是个夏季游戏而已。但事实相反，她偏偏是在一月干的。他问为什么，自认会得到一个虽然血淋淋但真实无比的答案，结果听到的却完全出乎意料："因为天气太冷了！"

孔特雷拉斯温柔地看着白色的暖气片。他相信冷空气正在策划着一个三角阴谋：情人——冷淡的妻子——出轨。孔特雷拉斯憎恨寒冷还有另外一个原因，寒冷会令他想起世界南端的那座城市：蓬塔阿雷纳斯②。

---

① 一座位于西班牙安达卢西亚自治区的海滨城市。
② 世界最南城市之一，智利南极区和麦哲伦省首府。

251

十六年前，他乘飞机在瑞士着陆，之后再也没有回去过。在银行和红十字的国度里又多了一个避难的人。还好他在智利当过刑警，并在国际刑警组织受训过，多亏了这段经历，他免于被归入面目可憎的外国人之列。某天，就业办公室的一位先生认为瑞士保险公司可能会对他的简历感兴趣。于是他到了这里，享受着舒适的暖气，不必再像刚来的头两年那样，去苏黎世中央火车站清扫唾沫和小便。他喜欢这间办公室，坐在这里感受到了尊严。雪下得越大，他就越觉得这里亲切。

电话铃声让他离开窗前。

"左勒先生马上想见您。"电话里一个声音说。

乔治·左勒正在整理办公桌上的文件，示意他坐下。

"您熟悉米兰吗？无所谓。您听我说吧，孔特雷拉斯，我给您讲个故事。一九二五年，一个生命降临人世，他名叫维托里奥·布鲁尼。他诞生在一个价值六百万法郎的家族庄园中，我说的是瑞士法郎，不是法国法郎。一九五五年，他继承了布鲁尼皮革集团百分之五十的股份，据称有一千万法郎。其余部分分给了他的兄弟们，而这些人后来陆陆续续都把各自的股份大方地卖给了他。他的生意一直顺风顺水。

一九七五年,他与另一个皮业大亨——卡洛·奇卡雷里合作,资本翻了一番。三年后,我的老天爷啊,布鲁尼皮革集团与瑞士保险公司签下了一笔包括其基建和运输在内的所有资产的保险合同。从此,布鲁尼皮革集团和我们公司息息相关。但是,这个'但是'并不是说我们有了什么麻烦,不到四个月前,维托里奥·布鲁尼又买了一笔价值一百万的人身保险。奇怪的是受益人并不是他的家人,妻子、女儿或是大家公认的继承人,而是一个居住在潘塔纳尔湿地①、名叫马纳依的人。就这么多,马纳依,除了名字我们一无所知,甚至是男是女都不知道。合同要求我们,如果他自然或意外死亡,我们要找到这个人,把一百万交到他(她)手里。故事讲完了,您有什么想法?"

"奇怪,他为什么不将马纳依列入他的遗嘱中呢?这样一来他连佣金都省了。大家都知道,百万富翁可不以挥霍为乐。"孔特雷拉斯沉思着说。

"我想是怪脾气吧。财政报告、身体倍儿棒的健康证明和同意我们进行尸检的授权书让我们没有理由拒绝。我们什么

---

① 世上最大的湿地,分布在巴西、玻利维亚和巴拉圭境内。

也没问。这里是瑞士,我们公司一向谨慎。此外,一个意大利客户暗地里资助某人并没有什么奇怪的。地中海人好冒险,这无可厚非,再说这可是一个每年都花好几百万法郎的地中海人。"

"可是某个环节出漏子了,您美梦落空了。"

"的确如此,孔特雷拉斯。维托里奥·布鲁尼死了,突然死了。我们不清楚他的死因,按照常规程序我们申请了尸检,现在正在等待结果。我们双手合十祈祷结果对我方有利。孔特雷拉斯,您和我,我们这些私家探员干的都是见不得光的生计。您明白我的意思吗?"

"我想我明白。"

"听您这么说我很欣慰。如果我们留住这一百万,公司会给百分之十的提成,这笔钱合情合法。怎么样,孔特雷拉斯,咱们来杯白兰地吧?您和我都希望维托里奥·布鲁尼死于谋杀。"

"如果不是这样呢?"孔特雷拉斯斗胆冒出一句。

"那我们就送给您一顶遮阳帽,让您去遥远的潘塔纳尔湿地大海捞针式地寻找马纳依。"

一个带枪的瞎子

丹尼·孔特雷拉斯刚下出租车就感到米兰的湿冷浸入骨髓。他付了车费，竖起衣领径直走向庄园大门。还没等他按响门铃，就有两只獒犬从栅栏的铁条间伸出脑袋。孔特雷拉斯感到一阵热浪袭来，赶忙后退。

"天使、圣人，别叫！"一个声音命令道，两只狗安静了下来。

有这般能耐的是一个壮汉，块头大得像个柜子。他一只手拿着步话机，另一只手端着一把双筒猎枪。

"来之前不预约可不受欢迎。"这是他最好的风度了。

"堂·卡洛·奇卡雷里在等我。"

大块头问了他的姓名，用步话机和庄园里的人通了话，随后用遥控器打开了大门。孔特雷拉斯走了几步，他感觉到獒犬对他依然非常警惕。

"请您跟紧我，不要和我离得太远。"大块头说。

他们走过一条小路，路两旁尽是光秃秃的树木。孔特雷拉斯思量，到了夏天这里一定是一片美丽的白杨林。不过，眼前一片平整的草坪打断了他的思绪。草坪中间，卡洛·奇卡雷里正坐在轮椅上。他腿上盖着苏格兰毛毯，深色墨镜遮住了他的双眼，手里握着一把瓦尔特P38。

"您别动。"大块头命令说。

孔特雷拉斯停下脚步。一个人开始快速地转动轮椅，瞎老头紧握着枪。

另一个人突然跑了二十来步，在草坪上放了一个录音机，然后跑回到瞎老头身边。这时老头的轮椅已经不转了。从录音机里传来了隐约可以听见的声音。瞎老头微微抬起头，举起枪，扣动扳机。录音机炸成无数碎片飞在空中，声音戛然而止。

"现在，继续跟我走。"大块头又命令说。

丹尼·孔特雷拉斯握了一下瞎老头瘦骨嶙峋、冷冰冰的手，与此同时站在他轮椅旁的人将那把瓦尔特放入一个皮盒中。

"孔特雷拉斯，智利人，四十五岁，当过警察，会讲德语、法语和意大利语。得知您要来，我要了一份您的资料。对不起，一个瞎子必须谨慎些。"奇卡雷里松开了他的手。

"尽管您看不见，但是您枪法很棒。"孔特雷拉斯说。

"我说过了，一个瞎子必须谨慎些。来，我带您去看看可怜的布鲁尼死去的地方。"

孔特雷拉斯跟着瞎子走到豪宅门口，不过他们两个都停住了。这时候瞎老头非常自信地亲自转动轮椅，沿着墙边把孔特雷拉斯带到了屋里。巨大的铝制和玻璃结构让孔特雷拉斯觉得这里真是一个当高档餐馆的理想场所。

"您喜欢吗？这是一个本地设计师的作品，非常适合展示我们的产品。每年我们都会在这里推出公司的新款。维托里奥的遭遇真是太令人难过了。"瞎老头说。

"那您呢？您认为布鲁尼先生死因是什么？"

"劳累，或者现在流行叫压力、疲劳。维托里奥是工作狂。尸检会证实我的观点的，或者结果差不多。"

"您为什么要求进行尸检呢？通常都是官方或像我们这样的受委托方才会这么做。我们已经要求尸检了。"

"为了节省时间。我知道保险的事情，我和维托里奥之间从来都没有秘密。我不知道他这些奇思怪想从何而来,但是我们不希望我们的品牌因此受到负面影响,所以我就申请了尸检。用不了几个钟头我们就能知道我合伙人的死因了,这样一来我们就可以为他入棺下葬了。您看呐,孔特雷拉斯,看见那座塔了吗?"

孔特雷拉斯顺着他手指的方向望去。五十多米远的地方,冬日景色中一抹灰色的高塔矗立眼前。塔的底部已经被木梁加固过,不过依然可见石块松动。

"它在这里经历了两千多年的岁月。这里最早是一个商人的房子,后来变成一座罗马寺庙,再后来成了天主教教堂。盟军轰炸过后,这座塔成了我的骄傲。"

瞎老头戴着墨镜看向那片遗迹。孔特雷拉斯忖度他是不是真的瞎了。他真想伸手在他眼前晃一晃,不过在场的保镖让他打消了这个念头。

"谁也甭想打我这片遗迹的主意。我知道那上面还有一口钟,就保持现状吧,除非老天要改变现状。这片遗迹是我的骄傲,我的挚爱。谁也别想碰它。有一次来了几个搞遗址保存项目的白痴,主动要帮我重修这里,为我——卡洛·奇卡雷里。我毫不客气地让他们滚蛋。这片遗迹是我的骄傲,可惜我看不见它,不过我也看不见我自己。我已经忘了我和它长什么样子了,但是我知道我和它一起经历岁月的侵蚀,一起没落。"

"您衰老的镜子。不过您别难过,我们所有人都在衰老。"孔特雷拉斯看着塔说。

"傲慢无礼,冷酷无情。我喜欢,孔特雷拉斯。好吧,我们马上就能知道维托里奥是自然死亡的,所以您可以收拾行李准备去潘塔纳尔湿地了。你知道那个该死的地方在哪儿吗?"

"不知道,不过我会找到的,"孔特雷拉斯回答,"马纳依是谁?如果您与死者之间没有秘密,我想您会认识受益人,不是吗?"

"您错了,对此我毫不知情。现在请您走吧,我们老人容易犯困。"

孔特雷拉斯满脸疑惑地起身离开座位。如果一切都如奇卡雷里所说,这一百万法郎保险公司是免不了了。但是凭着当过警察的直觉,他认为这一切解决得太容易、太简单了。

大门在孔特雷拉斯身后上了锁,他返回去找那个手里拿着枪的大块头,请他帮自己叫辆出租车。这个家伙唯一的回答就是一个厌恶的表情，引得两只獒犬狂吠不已。

庄园的门口到最近的路口少说也有五百多米。孔特雷拉斯边走边诅咒着穿透身体的湿气。他刚点着了一支烟，这时看见一辆汽车停在了面前。

"是孔特雷拉斯先生吗？"开车的胖子问。整个驾驶座被他占得满满的，副驾驶座上是一个留着胡茬的瘦子。

"是我，二位有什么事？"他警觉地问。

"警察！"胖子出示了他的证件。

"请上车吧，我们送您去宾馆。"阿尔帕亚警长礼貌地邀请他。

丹尼·孔特雷拉斯坐在后排座，谢绝了奇耶里探员的香烟，又问了一遍他的问题。

"就是和您谈谈，没别的意思。如果我们西班牙语说得不好，请见谅。"警长抱歉地说。

"如果只是谈谈，我个人没问题。"孔特雷拉斯说。

"豪尔赫·托罗怎么样？伟大的前锋，智利人！"奇耶里探员感慨地说。

"你就忘不了足球吗？请原谅我的同事。"阿尔帕亚警长再次表示歉意。

"是我的错。因为我是摩德纳俱乐部①的球迷。托罗为我们球队效力了六年。"激动的奇耶里解释道。

"你好好的,只管慢点开车,别来费蒂帕尔迪②情结。"警长说。

"智利出过一个比费蒂帕尔迪更棒的F1方程式车手,叫费奥拉万提。对吧,孔特雷拉斯先生。"

阿尔帕亚警长做了一个合作的手势,孔特雷拉斯随即意会,主动问他们想要谈什么。

"谈谈尸检。为什么贵公司如此仓促地要求尸检?"

"这是常规。但是目前为死者做尸检的法医是听命于卡洛·奇卡雷里的。"

奇耶里探员开车的一路上不住地对来往车辆抱怨,而阿尔帕亚和孔特雷拉斯在谈话中逐渐发现双方在这件事情上的利益是截然相反的:孔特雷拉斯作为瑞士保险公司的调查员,处于保护公司利益的角度希望这是一宗谋杀;警方处于省心省事的立场,希望这是一场自然死亡。不过两人敏锐的直觉都认定,这件棘手的事情里有太多疑点。

---

① 一个意大利足球俱乐部。
② 巴西著名车手。

到了米兰市中心，孔特雷拉斯提出在米兰大教堂下车。去拜访法医前他想稍微走一会儿，冷静思考一下。

"有事请通知我。您别忘了，我们都在一条船上。"阿尔帕亚临走的时候提醒他。

"智利，一九六二年的足球世界杯，您的国家进入了半决赛，得了第三名。智利队进了十六球，其中十一球是豪尔赫·托罗进的。"奇耶里俨然成了体育界专家。

孔特雷拉斯快速地穿过米兰大教堂和马宁宾馆之间相隔的十个街区。米兰的湿气越发寒冷，灰色的天空仿佛预示结局会出其不意地降临。

孔特雷拉斯在前台取钥匙，与磁卡一起递给他的还有一枚密封的信封。他决定去酒吧要一杯"杰克·丹尼"，边喝边看。

酒店便笺纸上的留言很简短，从自信且微微右倾的笔迹上看得出，留言出自一位率性自我的人：

> 我在您的房间里，当您看见有个陌生人在您的卧室里，请不要惊讶。
>
> 奥尔内拉·布鲁尼

丹尼·孔特雷拉斯把留言对折两次，塞进口袋里，径直走向电梯。他正要走进电梯间的时候，前台服务员突然叫住他，说有他的一个电话。

"我拿到尸检结果了。"阿尔帕亚警长说。

"对我不利。"孔特雷拉斯说。

"的确如此。身体机能突然停滞，也被称为猝死，在新生儿中发病率较高。很高兴认识您，孔特雷拉斯先生。"

"什么时候举行葬礼？"

"几小时后。家族墓地那边已经一切准备就绪了。"

"警长先生，您就不觉得这一切发生得太快了吗？"

"那又怎么样呢？现代生活就是这样。生生死死都是超音速的。"阿尔帕亚的语气中透出一丝不以为然。

觅食的老虎

奥尔内拉·布鲁尼一米七多的个子，曼妙的身材裹在紧身牛仔裤和怀旧的嬉皮士风格衬衣中，令人不禁想起安迪·沃霍尔[①]作品中的裸体女郎。她正躺在床上，电视机开着，正在播的一个保护森林的节目令她目光晶莹。她把一件棕色皮夹克放在脚下，防止登山鞋蹭脏床罩。

"您总是这样拜访别人的吗？"孔特雷拉斯打招呼说。

"对不起，但是我必须和您谈谈，单独谈。"女子坐在床边抱歉地说。

"知道吗？作为一个刚刚继承了一大笔遗产的女性而言，您的衣着很糟糕。"

[①] 安迪·沃霍尔（1928—1987），美国艺术家、印刷家、电影摄影师，是视觉艺术运动波普艺术最有名的开创者之一。

"那笔肮脏的钱我是一个里拉都不会碰的。谁想要就拿去吧。"女子边说边翻夹克找烟。

"您想和我说的就是这些?"

"不是。我要告诉您我父亲是被别人杀死的,但是这不是谋杀,而是我们所说的处决,一次迟早要发生的正义行动。"

"尸检的结果非常明确:猝死。有时候事实来得很突然。"

"放狗屁的尸检。听着,一年前在巴拉圭首都亚松森,一个名叫米歇尔·席勒的人死因一模一样。六个月前一样的事情发生在巴塞罗那的胡安·埃斯特维兹身上。这两个人都是为我父亲,为布鲁尼皮革集团工作的。"

孔特雷拉斯走到迷你吧前,拿了两小瓶威士忌,一瓶扔给奥尔内拉。

"接着说。"他拧着瓶盖。

"席勒是为我父亲服务的皮革商,负责从南美向欧洲的出口业务。我们公司是世界上最大的鳄鱼皮制品出口商。根据所谓的进口证明,所有鳄鱼皮都产自埃及或古巴,但事实并非如此。几年前,我父亲的合作伙伴发现在马托格罗索州①可

---

① 巴西西部的一个州,属于潘塔纳尔湿地。

以获得几近免费的鳄鱼皮。"

"您想说的是潘塔纳尔湿地吧。"孔特雷拉斯提示她。

"您怎么知道的?"奥尔内拉一口气喝光了瓶里的威士忌。

"我什么都不知道,不过是推测而已。您父亲买过一份人寿保险,受益人是一位住在潘塔纳尔湿地的人。只要他是自然死亡或者死于意外事故,都在保险范围内。所以我才到了这里,确认一下我们要不要付保金。"

"请告诉我那个人的名字。"

"马纳依。只知道这么多,马纳依。"

奥尔内拉·布鲁尼双手抱头,她的表情既满意又无助。

"您知道马纳依是谁吗?"她依然抱着头。

"不知道。要是您愿意告诉我,会对我有很大帮助。"

"马纳依是阿纳勒人的最后一个大巫师。"

"一个巫师?阿纳勒人是什么人?"

"潘塔纳尔湿地的一个部落。最后几个拒绝与白种人接触的部落之一。可怜的阿纳勒人!"

"的确可怜!我认为我们有必要多花些时间,详细谈谈。不过现在我想无论您还是我,都不愿意错过您父亲的葬礼。"孔特雷拉斯把夹克抛给她。

在米兰黄昏的冷雾中,十几个人送别了维托里奥·布鲁尼。仪式非常简短。孔特雷拉斯看见瞎老头与布鲁尼夫人一起,阿尔帕亚警长和奇耶里探员谨慎地与他们保持着一段距离。奥尔内拉站得离众人远远的,手插在夹克的衣兜里。

众人将装有维托里奥·布鲁尼遗体的棺材安放在家族墓地的中央位置,合上墓地大门。突然,孔特雷拉斯发觉瞎老头的一个保镖俯身向他说了些什么,后者墨镜的寒光投向了奥尔内拉。

孔特雷拉斯叼上一支烟,有人立刻给他递了火。原来是奇耶里探员。

"米兰冷得很,有湿气就更冷了。"胖警察说。

"奇耶里,您是来和我讨论天气的吗?"

"当然不是。我们想请您喝一杯烈酒,我们车上就有,随时可以享用。诺尼诺家族的格拉帕白兰地,您喝过吗?"

孔特雷拉斯跟着奇耶里走到车子旁,车子停在通往布鲁尼家族墓地的一条小路上。阿尔帕亚递给他一个小塑料杯。

"请喝吧,喝了酒这鬼天气就不那么让人难受了。"警长说。

格拉帕真是甘露啊！孔特雷拉斯让酒慢慢地流过喉咙。

"我们看见您不是独自来的。"

"那女孩确定地说她父亲是被杀害的，虽然她原话说的是被处决。干杯！"

"奥尔内拉·布鲁尼是个富二代，一个热衷参与各类活动的富家女：她同情红色旅①、政治犯、生态主义者和举行绝食示威的人，她还同情举行游行的同性恋人士或桑地诺主义②的支持者……她没和您说她那个资本家吸血鬼的父亲是被某个无产阶级先锋处决的吗？"阿尔帕亚讽刺说。

"没有，不过倒是有个巫师。"

阿尔帕亚先挠了挠头，然后摸了一下几个月没理的胡须，奇耶里讥讽地坏笑，孔特雷拉斯不知道该说点什么好。

奥尔内拉·布鲁尼和丹尼·孔特雷拉斯在马宁宾馆的餐厅共进晚餐。女孩几乎没怎么吃，倒是说了很多。喝咖啡的

---

① 一个意大利的极左翼恐怖组织。
② 由尼加拉瓜民族英雄桑地诺倡导的抗美爱国的民族革命思想。

时候，孔特雷拉斯对于维托里奥·布鲁尼、马纳依和阿纳勒人已经了解了很多。

米歇尔·席勒是一个性格张扬的冒险家。几年前，他受卡洛·奇卡雷里邀请来到米兰，向维托里奥·布鲁尼宣传一个所谓的降低原材料的计划。在潘塔纳尔湿地有成千上万的南美宽吻鳄，这些体型较小的凯门鳄生活在河流、丛林和沼泽中。这个物种受到了保护，因此数量众多。此外，席勒与要合作的东家貌似一见如故。毕竟数据摆在那里，席勒的建议的确可以大幅降低成本。于是就有了胡安·埃斯特维兹的加入：他可以在巴塞罗那将鳄鱼皮转入欧洲，并能轻而易举地伪造原产地证书。有了这些证书，南美宽吻鳄就能以埃及或古巴养殖鳄鱼的身份进入意大利。剩下唯一要做的就是组织潘塔纳尔湿地的捕猎。席勒对此非常在行。不过冒险家席勒没有说的是，猎人们必须进入阿纳勒人居住的腹地，而这些土著人正是以宽吻鳄为生，他们深深地崇拜这种鳄鱼，将其当作生命的开端与终止的象征。

"两年多前，我父亲受席勒邀请去了一趟潘塔纳尔湿地参加一次狩猎，回来之后就完全变了一个人。他不像以前那么爱说话了，并逐渐把生意都交给卡洛·奇卡雷里管理。面对家族生意衰落,他最终变成了一个孤僻的人。他担惊受怕,睡得很少,而且睡眠质量很差,有时候他会叫喊着一个奇怪的名字惊醒:马纳依。"

皮埃特罗·奇耶里探员匆忙走进餐厅,打断奥尔内拉的话。

"请跟我来一下,孔特雷拉斯先生,警长在车里等着您。"

他们走出宾馆。阿尔帕亚请孔特雷拉斯一同坐在后排座。奇耶里把警灯按在车顶,飞速出发。

"我们去哪里?"孔特雷拉斯边问边腹诽自己怎么就没穿件大衣。

"去奇卡雷里家族的庄园。有人可能要杀他。"警长回答。

这一次,拿着猎枪的大块头异乎寻常的殷勤,动作麻利地为他们打开大门,然后跟在他们车后猛跑。进入庄园后他们看见众多保镖和用人拿着手电在搜查大花园。

奇卡雷里坐在一个高背靠椅上等候他们,仿佛是一个无法欣赏自己治下江山的残疾君主。

"阿尔帕亚警长,您的古龙香水错不了。奇耶里探员,您那股子托斯卡纳烟草的味道真难闻。孔特雷拉斯,对了,还有孔特雷拉斯,我闻得出您的味道。等等,还有,不错,有人和那个小婊子——维托里奥的女儿在一起来着。"瞎老头嗅着鼻子向他们问好。

"了不起的嗅觉表演，博士。发生什么事了？"警长问。

"这个！"瞎老头说着把一本厚厚的翻开的书扔到了他们几个人脚下。

这是一本盲语版的《神曲》。其中刻有"善有善报"这句盲文的那一页插着一支小飞镖，镖尖已经把纸张染成了棕色。

"我正在这里读书，用手指读书，突然我感到一片寂静中有什么东西穿过窗户飞进来，我回过身，就在这时我觉得有个东西打在书上。这是什么鬼东西？"

"一支飞镖，一支潘塔纳尔湿地的飞镖。"孔特雷拉斯说。

"白痴！警长，我是在问您。"

"是一支飞镖，博士，"阿尔帕亚回答，"我必须把书带回警局让实验室检验一下。"

孔特雷拉斯走到花园里。几束光照亮高塔的遗迹，打着手电也不知道要找什么东西的保镖和用人们显得很紧张。很显然有人闯进了庄园，但是谁也没有看见这个不速之客。狗没有叫过，不过空气中弥漫着危险的味道，如同猎物被觅食的老虎盯上后的诡异气氛。

阿尔帕亚警长和奇耶里探员走出房子时，听见了由远及近的汽车警笛声。车里是前来保护卡洛·奇卡雷里的卡宾枪骑兵队[1]。

"活见鬼，您是怎么知道这是一支潘塔纳尔湿地的飞镖的？"阿尔帕亚把书装进了一个塑料袋中。

"我知道的不多，是猜的。警长先生，我认为飞镖一共涉及三宗谋杀和一起谋杀未遂。"

"神圣的三位一体啊！"奇耶里探员感慨地说。

"是的，不过这可不是提托·福约科斯、豪尔赫·托罗和雷奥内尔·桑切斯组成的智利足球三杰。警长先生，一个叫米歇尔·席勒的人死于亚松森，另一个叫胡安·埃斯特维兹的人死于巴塞罗那。我确信如果对这两名死者进行尸检，会发现他们的死因和维托里奥·布鲁尼都一样。我会要求对布鲁尼的遗体再次进行尸检的。"

警长边听他说边看着摊开的书。突然，他摘掉套着的塑

---

[1] 意大利的国家宪兵，主要职责包括管理军队及协同警察维持社会治安，是意大利海陆空三军之外的第四支独立武装部队。

料袋,放在眼前检查。飞镖不见了!棕色的印迹上只剩一个黏液似的透明状物体。

"我不相信巫术,但的确有,的确存在。"孔特雷拉斯说。

獒犬警觉地吠叫。或许那个入侵者还在这里。

携手合作

一缕轻柔的阳光穿过米兰的迷雾,天亮了。孔特雷拉斯打开窗户,奥尔内拉蜷曲着身体躺在被子里。这是一个漫长的夜晚。凌晨两点左右,奥尔内拉敲响了孔特雷拉斯的房门,这时他刚与奇耶里探员通完电话。

"我喜欢您,智利老兄,我的确很喜欢您。"奇耶里说。

"这份爱的宣言让我很荣幸。"孔特雷拉斯回答。

"您的幽默让我不能自已!先不开玩笑了,看来您是对的。实验室的检验人员在书里发现了箭毒,飞镖之所以消失是因为制作材料是蜘蛛丝和树脂。塑料袋里的湿气使它分解了。您明白了吧?"

"箭毒,一种能使肌肉麻痹的毒素。全身的肌肉都被麻痹了,所以猝死。警长先生知道您会把案件的秘密透露给我吗?"

"知道。阿尔帕亚本想亲自和您说,但是他有点不好意思。我嘛,正相反,您知道我的,像我这样一个胖子什么时候都不会不好意思的。"

"能知道您为什么告诉我这件事情吗?"

"因为我和警长都认为布鲁尼和那两个人的死亡有蹊跷的地方。真见鬼,我们热爱这份职业,希望追查到底。"

"好的。我们互相帮助。"孔特雷拉斯肯定地说。

开门的时候孔特雷拉斯以为是有人给他送信,结果却撞见奥尔内拉·布鲁尼的一双绿眼眸。

"我转了一圈,回了家。我害怕。我就待在这里。"说着她把夹克丢在椅子上。

"行啊,您可以睡沙发。"孔特雷拉斯不满地说。

"我习惯在宽大的床上睡觉。"女孩没有直接回答。

"我更喜欢呢。"孔特雷拉斯拿起一个枕头,无奈地让步。

他们睡下了,她在床上,他在沙发上。他们就这样默默地躺了许久,唯一的动静就是吸烟的声音。

"您知道我父亲是怎么死的,是不是?"奥尔内拉首先打破了沉默。

"还不知道,但是我想再做一次尸检就能在尸体里找到残存的箭毒、蜘蛛网和树脂。"

"马纳依。是他，大巫师马纳依。"

"好吧，奥尔内拉，您是个聪明的女人。您是不会相信一个巫师能从世界另一端用一根吹管将毒镖射中您父亲的脖子的。"

"我父亲很怕马纳依。他常在梦魇中重复这个名字。虽然我不知道巫师把他怎么了，但他的确做过什么。富有的维托里奥·布鲁尼把马纳依作为保险受益人，企图以此延续生命，可惜巫师并不领情。"

"奥尔内拉，我的工作需要确凿的证据。我的任务就是证明他是被谋杀的。至于凶手是谁，我并不感兴趣。"

"我跟您讲一个确凿的事实吧。吉多·维琴佐是一位研究潘塔纳尔湿地的年轻的人类学家。他曾经发表过一篇文章披露阿纳勒人的灭绝，谴责巴西和巴拉圭政府对其负有责任。同时他还提到了一个名叫布鲁尼皮革公司的意大利企业。一个月后，人们在海中发现了吉多的尸体。他在海边峡谷醉驾，连人带车跌入海里。而最奇怪的是吉多不喝酒，他不能喝酒，他有糖尿病。"

"您有这篇文章的复印件吗？"

奥尔内拉起身去取夹克,然后递给孔特雷拉斯几张复印件。孔特雷拉斯仔细读了起来。

文章谈到,阿纳勒人是身材矮小的印第安人,因此有人会把他们与亚马逊北部一带的侏儒人混为一谈。他们通常在一片方圆两百万公顷的地域内过着游牧生活,食物来源主要是南美宽吻鳄的蛋和肉。他们的语言中有许多词汇源于瓜拉尼语①,他们的神话传说与南美宽吻鳄息息相关。

在这篇文章发表的三年前,阿纳勒人与白人从未有过任何接触,但是一个叫席勒的德国人雇用了一些鳄鱼捕手侵入了他们的领地,就连那些试图将幼年的南美宽吻鳄送到巴西下马托格罗索州以躲过这场劫难的印第安人也惨遭毒手。文章最后说,这个德国人自称是布鲁尼皮革公司的收购经理。显然,这种说法将布鲁尼公司置于印第安人灭族案同案犯的位置。

孔特雷拉斯读完后本想说点什么,但发现奥尔内拉已经静静地睡着了。他小心地为她盖上被子,然后躺在沙发上直

---

① 一种南美印第安语言,主要分布于巴拉圭,此外巴西、玻利维亚、乌拉圭等国有少数使用者,使用人口总计超过300万。

到天亮。

电话惊醒了奥尔内拉·布鲁尼。

"孔特雷拉斯先生吗？我是卡洛·奇卡雷里。昨晚我对您失礼了。请您与我共进早餐吧，我想我们男人对男人地聊一下。十分钟后有车去接您。"瞎老头说完就挂了电话。

"几点了？"奥尔内拉打着哈欠问。

"我得走了，您再睡会儿吧。我保证中午之前一定回来。"

卡洛·奇卡雷里在豪宅的大餐厅中接待了孔特雷拉斯。他伸出一只瘦骨嶙峋的手，同时墨镜下的鼻子不停地嗅着。

"哼，我闻出来了，您昨晚和奥尔内拉一起过的。这个小婊子在床上表现如何？枕头下有票子就能上她吧？"

"棒极了，她喜欢站着做爱。不过您是没有丁点机会验证了。"

"别太过分了，孔特雷拉斯。我一个命令就会有人把您从这里踢出去。"

"对此我毫不怀疑，因为您自己根本做不了这件事。"

卡洛·奇卡雷里哈哈大笑。他打了个响指，一个侍者为他端来一盒哈瓦那雪茄。

"您尝尝，是正宗的下布埃尔塔①货。"

"不了，多谢。我一直抽西班牙孔达尔产的。"

"我很喜欢您，孔特雷拉斯。傲慢无礼，冷酷无情。那些傻瓜认为傲慢与冷酷是缺点，其实它们是优点。关于布鲁尼皮革公司与潘塔纳尔湿地的印第安人之间的纠葛，您知道些什么？"

"都知道。"

"我想也是。奥尔内拉会不遗余力地诋毁我们。对于这些内幕您打算做什么？"

"什么都不做。我会造假进口、违反国际法、受贿、犯罪，这是我的生计，但是敲诈不是我的特长。我让您失望了吧？"

"恰恰相反。看得出您并不蠢，我尊重有自知之明的人。昨晚是谁想杀我？"

"我怎么知道？"

"奥尔内拉知道，她一定告诉你了。就是这个人杀了维托里奥、席勒和可怜的埃斯特维兹。真该死！我承认，如果新的尸检结果让我们无法再隐瞒这一切，那就什么都完了。但是，孔特雷拉斯，有一点您不要忘了：贵公司为走私皮革卖

---

① 古巴雪茄的著名产区。

出过一份保险，因此在整个事件中也有份，所以要是出了事，瑞士人无论如何也逃不了干系。"

"那您建议……"

"把奥尔内拉带来，说服她。她是唯一能阻止凶手的人。她提什么要求都可以，钱啊，把那个家伙安全送出意大利啊，什么都行。"

孔特雷拉斯发现卡洛·奇卡雷里已经完全失去了镇定。他怕得要死，因为这个意外的来访者此刻很可能还躲在庄园的某个角落。花园里獒犬叫个不停，树林里保镖们来来往往乱成一团，好像都在证明这一点。

"马纳依就在外面，您怕了，不是吗？"

"别傻了，根本没有马纳依，这是我为了取代维托里奥杜撰出来的人。当他知道屠杀印第安人的事情后，非常愤怒，立刻飞往潘塔纳尔湿地终止生意。他是个胆小鬼，所以我和席勒联手骗了他，把他吓住了。这并不难。他的太太陪他一起去的，我们在她的食物里下了一种药，不致命但是会令人剧痛。他在亚松森请了一大堆医生来看病，所有医生都事先被买通，他们众口一词地说治不了阿纳勒的大巫师马纳依下的咒。维托里奥受不了妻子痛苦的哀号，要求他们带他去见见巫师。剩下的事情您很自然就可以想到了。扮巫师的演员演技一流，他要求维托里奥放弃生意，维托里奥答应了，他太太的病就好了。不过恐惧已经占据了他的灵魂，他怕得买了一份荒唐的保险。真见鬼！在出现这些死亡事件之前，一切都在我们的掌控之中。"

卡洛·奇卡雷里的声调逐渐低沉了下去。然后为了强作镇定，他列举了一串冷冰冰的数字，絮絮叨叨地讲述布鲁尼皮革公司在潘塔纳尔湿地的勾当。印第安人打算把数以千条的幼年宽吻鳄送往巴西的下马托格罗索州，巴拉圭境内的南美宽吻鳄已经几近绝迹，因此欧洲人决定给他们点颜色瞧瞧。他们杀了很多印第安人，却没留意到捕猎者和巴西、乌拉圭军警的感受，前者因为收入日益减少而心生不满，后者因为没有了阿纳勒人这个欺压对象而与公司摩擦不断。

"我们是一家大公司，孔特雷拉斯。桌上就有一个用未成年宽吻鳄的皮做成的钱包。要做这样一个市场上售价好几千美元的钱包，需要十五到二十条鳄鱼。我们宰杀了大量的被保护动物？是的，的确如此，但是我们上缴了多少税款去帮助那些印第安乡巴佬啊？数以百万，孔特雷拉斯，数以百万啊！我们的资金不光是用来购买原材料，还要洗刷对我们的指控。我们不想杀光所有的印第安人,但是意大利甚至全欧洲有的是混蛋要搞垮我们。他们已经闹到议会了!这些邪恶的家伙往穿着皮衣的女士身上扔颜料。一个什么狗屁学者写了一篇文章,控诉我们对印第安人实施种族灭绝。但是这些该死的家伙中谁也没有提到过我们创造了财富,我们创造了几千个就业岗位。"

"您的爱国精神我不关心。您去和阿尔帕亚警长说吧。"孔特雷拉斯说。

"和警长说?他想干什么?"

"给他打电话,或者您希望脖子被插上一支飞镖?"

阿尔帕亚警长和奇耶里探员很快就赶到了。意大利警方与私家调查员将要携手合作,共同办案。

"您指挥吧,孔特雷拉斯。"警长和他打招呼。两人谈过之后阿尔帕亚命令说:"奇耶里,你负责庄园的清场。只有奇卡雷里博士可以留下来。"

"我还需要一架警方的直升机。"孔特雷拉斯补充说。

"已经准备好了!"奇耶里探员抽着烟兴奋地说。

瞎老头的墨镜里反射出米兰灰色的天空和摧毁他残存自负的惊愕。

孤独的猎手

"我想警员应该在地面等着吧?"直升机驾驶员嘟哝了一句。

奇耶里不满地看了一眼飞行员,抽了一口叼在嘴上的烟,侧过身去只留下一个背影,随即向高塔的遗址走去。孔特雷拉斯朝阿尔帕亚比划着说:"这已经超出了直觉的范围,警长先生。我第一次来的时候,见到了一群鸟的尸体,我以为是獒犬吃的或是门卫猎枪打下来的。后来我仔细观察了这座塔,我惊讶地发现居然一只蜥蜴都没有。在别墅的墙壁上倒是看见过几只,但是这里没有。一座没有蜥蜴的废墟?"

"没有梯子不可能爬上这座塔。"阿尔帕亚说。

"对我们来说可能是这样的。但是一个从学走路开始就学习爬树的人可以像猫咪一样轻盈,无论年纪多大。他就在这上面,我可以肯定。"

奇耶里通知直升机已经准备就绪，并且抱怨说每次有好玩的事情，他总是被排除在外。

螺旋桨转动起来，飞机开始上升，地面上的灌木变得低矮了。孔特雷拉斯紧紧抓住捆绑在身体上的缆绳，感觉到双脚正在远离地面。

飞行员按照要求将孔特雷拉斯升到塔上方几米高的位置。按照他的指示，直升机慢慢下降直至他的双脚再次着地。孔特雷拉斯解开绳索，打手势示意直升机可以飞走了。

猎手就在那里。虽然他坐在那里，而且头和上半身都盖着鳄鱼皮，但可以很直观地看出他还没有一个十岁的孩子高。他身旁有一个短吹管、两个泥碗、一团密实的蜘蛛丝、一个树脂球以及鸟类与蜥蜴的骨骸。在他四周，彩色的石头和昆虫围成一圈，把他休息的地方变成了一个瞭望台。他就在那里，双腿交叉而坐，目光迷离。这是个孤独的猎手。对于没有护身法宝就敢深夜来挑战的人，他似乎熟视无睹。

孔特雷拉斯小心翼翼地走上前去，从他身后绕到正面，蹲下身来。从猎手的脸上看不出他有多大年纪，脸颊上有三道月牙形的油彩。他睁着眼睛，但是眼中没有一点生气。

孔特雷拉斯伸手碰了一下他的肩膀，小矮个儿一下子就躺倒在地上。孔特雷拉斯一只手贴在他额头上，这个猎手在发高烧。

直升机准备将躺着猎手的担架缓缓落到地面上，医护人员早已等在一旁。这时奇耶里探员一声叫喊使得所有在场的人都转过头去。几米远的地方，卡洛·奇卡雷里坐在轮椅上端着一把瓦尔特P38，在茫然地寻觅他根本看不见的靶子，却不知对方正好反射在他的盲人墨镜中。

奇耶里一拳打在他的胳膊上，吱吱作响，枪掉在了草坪上。

"畜牲！我要替天行道，我要为我的合伙人报仇！"

最后两位卡宾枪骑警带走了暴怒的奇卡雷里。

"这是一个复杂的临床现象。除了肺炎，他还患有极度营养不良和脱水。因为不知道他的身体对哪种抗生素有抗药性，所以我们现在只能使用血清蛋白。他显然是个成年人，我们很想知道他有多大年纪了。"重症科的卡古奇医生介绍说。

孤独的猎手躺在床上，氧气面罩遮住了他的半张脸，血清蛋白的输液管插在胳膊上，这使他看上去更加矮小了。阿尔帕亚和奇耶里静静地看着他。

"我要去打个电话,就在走廊里。"孔特雷拉斯说。

他拨通了马宁宾馆的电话,要求转接到他的房间。奥尔内拉还在那里。

"我以为您已经厌烦我了。"听出是孔特雷拉斯的声音,奥尔内拉很兴奋。

"还没烦,烦不烦要取决于您。仔细听好了,除了那个遇害的人类学家,您还认识别的了解阿纳勒部落的人吗?"

"是的,我认识一个了解他们的人。"

"很好。请把这个人带到医院来,到重症科。"

"为什么?发生什么事了?"

"别烦我了,奥尔内拉。"说完,孔特雷拉斯挂上了电话。

阿尔帕亚和孔特雷拉斯在等候期间强忍着抽烟的冲动,看着奇耶里探员烦躁不安的表现:他嘴里叼着一支没点着的烟,从走廊一头到另一头来回大步地走;要么就数数手指,仿佛要确认十根手指是否齐全;又或者,揪揪自己的耳朵,看看是不是还长在脑袋上。

"他总是这样吗?"孔特雷拉斯问。

"有时候更糟糕,不过这小子不错。"阿尔帕亚回答。

"他怎么了?紧张吗?"孔特雷拉斯又问。

"我想他是在思考。每个人思考的时候都希望获得最佳答案。"

奇耶里探员还在磨损着走廊的地毯。这会儿,除了手指和耳朵,又玩起了外套的扣子。突然他站住了,一巴掌拍在额头上,小步跑向阿尔帕亚和孔特雷拉斯。

"头儿,这个小个子并不是要杀卡洛·奇卡雷里的人。或许是他将带毒的飞镖射向了维托里奥·布鲁尼,但是昨晚他绝没有力气使用吹管了。而且,如果他想隐藏在高塔里,为什么还往下面扔鸟的尸体呢?我认为他是自愿充当诱饵。他想必希望被发现,大费周章,但就是想被人发现。"

"好家伙,奇耶里,您说得对!这个人只是一个替身,他要掩护另一个人。"

"胖子,我就说嘛,你不是个酒囊饭袋。"

"另一个人应该就在附近。"孔特雷拉斯补充说。

"布鲁尼皮革公司的仓库和奇卡雷里的庄园在一起。"奇耶里探员满意地说。

两个警察离开了医院,孔特雷拉斯则抱怨奥尔内拉怎么还不到。又等了十五分钟,终于看见她一个人姗姗来迟,面对孔特雷拉斯满脸的失望无动于衷。

"奥尔内拉，我托了您办一件非常重要的事情。"

"我办到了。您约我来这里干什么？"

"您的那位研究阿纳勒人的学者呢？"

"就是我。我曾经废寝忘食地研究他们。"奥尔内拉说着，指了指孔特雷拉斯堵住的那扇门。

高烧不止的猎手依然没有反应。他偶尔微微张开嘴巴，氧气面罩却使他什么也说不出来。

"天啊！他受伤了？"见到这场景，她惊呼。

"不，他得了肺炎，营养不良，而且脱水。这个人是阿纳勒人吗？"

奥尔内拉表示肯定。她说这个人脸上的油彩是典型的阿纳勒猎人的装束，还问猎手随身带了什么。

"都在警察局。阿尔帕亚警长要求把所有东西都拿走。"

"走吧。要想知道他更多的事情，必须看看他的随身物品。他是在哪里被发现的？"

"在奇卡雷里的庄园里，古塔顶上。"

奥尔内拉双手捂着嘴问："他身上盖着一张鳄鱼皮？"

"是的，这是什么意思？"

"这是猎手的诱饵。阿纳勒人模仿了很多南美宽吻鳄的习性。比如说，当这种鳄鱼感到有猫科动物靠近时，它们中就会有一只趴在岸边做诱饵。猫科动物发动袭击，一定会突然地咬住这个诱饵鳄鱼，牙齿插入猎物的脖子里。血腥味让它兴奋，它就在原地撕咬猎物，想要得意地享用大餐。此时就是其他鳄鱼出击的时刻了，它们会团团围住它，不给它留任何逃跑的机会。"

"您从哪儿学来这些的？"

"吉多·维琴佐，他除了是人类学家也是我男朋友。"

"抱歉，奥尔内拉。您还想去警察局吗？"

"不，我想最该去的应该是奇卡雷里的庄园。"她看着孔特雷拉斯说，绿眼睛中满是寂寞。

他们两人费了好一番口舌才说服拿猎枪的大块头相信他的主人有生命危险，这才制止住獒犬的号叫，为他们开门。孔特雷拉斯抓着奥尔内拉的手，狂奔在光秃秃的白杨林中，大吃一惊的保镖们在他们身后边追边喊，喊什么他们完全没有理会。他们一口气跑到开阔平坦的草地。

孔特雷拉斯已经熟悉那一套了：最壮实的那个保镖转动着卡洛·奇卡雷里的轮椅，后者握着一把瓦尔特P38；另一个跑过去把录音机放在草地上,然后跑回到轮椅后面;录音机里传来一个男性的声音……但是,这次卡洛·奇卡雷里没有去寻找声源,也没有下意识地向目标望去,更没有开枪。

他甚至连枪都没有举起来。在保镖们惊慌失措的目光中,他只是垂着头,像个任人摆布的玩偶,直到奇卡雷里的盲人眼镜跌到了地上,众人才反应过来。

阿尔帕亚警长和皮埃特罗·奇耶里探员赶到时,孔特雷拉斯正在非常艰难地阻止保镖移动尸体。

"左耳后有一个标记。如我们所知,飞镖很快就分解了。"孔特雷拉斯说。

阿尔帕亚和奇耶里查看了一下尸体。他们几乎都认不出没戴墨镜的奇卡雷里了,谁都没说什么。

奇耶里跪在地上,以死者左耳为方向观察近处的树木,但是孔特雷拉斯的话打击了他:"别费事去寻找飞镖可能的路线了,这是趁他轮椅转动的时候下手的。"

奥尔内拉和三个男人面面相觑。真正的孤独猎手就藏身在那里,很近,但看不见,以部落独特的方式伪装隐藏着。

悲伤，孤独，终结

阿斯克阿努美雷——"水中来的人"睁开双眼，发现自己已经被死亡的阴影笼罩。一切都是白色的，最圣洁、最悲伤的颜色。他身下柔软的"席子"也是白色的，他感到死神已经侵入了冰冷之极的骨髓。他身旁站着两个人，他们来自赫阿斯马勒部——"厌恶水的人"，他一生大部分时间都在对抗这个部族。两人中一人是个胖子，嘴边叼着一个小棍子式的东西；另一人是个瘦子，眼睛上罩着两只透明的树脂面具，脸上蒙着灰兮兮的苔藓。两人正盯着他看，那怀疑的眼神就好像欣赏一只受伤的鳄鱼。他们是赫阿斯马勒部可怕的巫师，"水中来的人"自忖，伸手摸了一下脸。原本是嘴巴的地方长出了一根长长的管子，他们可能把他变成了一头食蚁兽。

"别慌，伙计。你不要动。"奇耶里探员说。

"他听不懂的。我不信他懂意大利语。"阿尔帕亚警长烦恼地说。

那个虚弱的小个子惊恐地盯着他俩，不停地流汗，汗水湿透了白色枕头。他是一起谋杀未遂的嫌疑犯和第一手的证人。米兰警方正在搜寻另一个"猎手"，按照他们的说法应该这么叫，这次真是捡到了宝贝。在布鲁尼皮革公司的地下仓库里警方发现了数以千计的动物皮革，这些卡门鳄和其他爬行类动物在理论上是受国际法保护的，可惜法律华而不实且缺乏约束力。但是另一个猎手却丝毫不见踪迹，只找到部分啮齿类动物和小型鸟类的骨骸，以及一些经化验被认为可能是小孩使用过的物品，因为没有化验出任何酒精或烟草的成分。

"我真想知道这个小个子到底在琢磨些什么鬼东西。"奇耶里探员嘟哝道。

"除了高烧他还很害怕，恐惧会阻碍思考。"阿尔帕亚警长说。

丹尼·孔特雷拉斯开门，示意两人出去一下。看得出他有点懊恼。几小时前他给苏黎世去电，不知道为什么，左勒的满意却让他觉得很不是滋味。

"对瑞士保险来说一切完美收官。维托里奥·布鲁尼不是自然死亡的，这么说好像还不够，保险受益人不成立。任务完成，孔特雷拉斯，您什么时候回来？"左勒问。

"我再留一两天，具体多久还没定。我想看看这件事最后的结果。"

"您别掺和进去，孔特雷拉斯。这是意大利警方该操心的事。您在米兰没有别的任务了。"

"我知道，不过这是我的私事。您是不会懂的。"

"懂什么？几个印第安人杀了我们的客户。一个被抓，另一个就快落网。我命令您坐最早一趟航班回来。"

"不，等这里一切都清楚之后我才能回去。"

"您真是太多愁善感了，孔特雷拉斯。"挂电话前左勒不屑地感叹。

阿尔帕亚和奇耶里走出了房间，只留下"水中来的人"一个人在房间里。

发着高烧的他恍惚间似乎又来到了图鲁帕奇[①]，他与阿纳乌马勒——"像水一样唱歌的人"一起驾着巨大的独木舟。七天七夜里他们奋力划桨逆流而上，为了避免激流尽量减轻

---

① 玻利维亚地名，地处潘塔纳尔湿地。

独木舟的负荷。他们从下马托格罗索而来，启程时运送了上百只幼小的南美宽吻鳄。这些小鳄鱼不过巴掌大，像幼虫似的在船底爬动。两人很饿，不过不要紧，困倦和疲惫也无所谓，他们在做他们必须做的事情。他们是阿纳勒人，他们要遵循一条开天辟地以来就存在的古老法则。据说万物之初，世界是水做的，人们和动物都生活在一只巨型南美宽吻鳄的背上。这只鳄鱼要风得风，要雨得雨，受人供奉。但是有一天，一个赫阿斯马勒人出现了，他把一只炽热的飞镖射入了大鳄鱼的心脏。濒死的鳄鱼日夜不停地用尾巴拍打水面。它生下了千万子孙，小的像虫子那么大，大的像阿纳勒人那么大，但是大鳄鱼临终前没说将来谁能够取代自己。因此阿纳勒人必须保护所有鳄鱼，待到梦中那美好的时光再次来临的时候，可以重返巨鳄之背。

"卡古奇医生说什么了吗？"孔特雷拉斯问。

"还是那些，不能对他用任何药物。亚松森、巴塞罗那各一桩命案，米兰两桩，我们却不能审问首要疑犯。"阿尔帕亚抱怨说。

"这是因为语言不通，头儿。"奇耶里探员插话。

"另一个有消息了吗？"孔特雷拉斯又问。

"米兰全城的警察都在找他。"阿尔帕亚回答。

"在找一个几乎赤身裸体、披着鳄鱼皮的小矮个儿。这不失为一个经典案例。"奇耶里叼着烟说。

"我不希望再有人丧命了。再出人命，我饭碗就不保了。"阿尔帕亚叹了一口气。

电梯门打开，打断了他们的谈话。奥尔内拉·布鲁尼气冲冲地走向警长。

"您的人搜查了我家，太放肆了！"她当面斥责阿尔帕亚。

"我们是有搜查令的。我们知道您同情这伙人，尽管他们杀了您的父亲。"阿尔帕亚回答。

"可能还有其他漏网的。"阿尔帕亚补充说。

"不会再有人死了。"奥尔内拉·布鲁尼肯定地说。

"您是怎么知道的？我觉得您还有很多秘密，应该说给我听听。这是您的责任。您涉嫌包庇，我可以逮捕您。"警长威胁她，没等他说下去，屋里传来一声犯人的喊声。

那个小个子已经扯掉了氧气面罩，坐在床上，惊恐地看着插在胳膊上的针头。他说了一串谁也听不懂的话。

"奇耶里，去叫医生来。"阿尔帕亚边命令边在孔特雷拉斯和奥尔内拉·布鲁尼的帮助下，让犯人重新躺回床上。

"水中来的人"望向奥尔内拉，他知道死神在召唤自己。奥尔内拉的眼中有片雨林。于是他笑了，用本族的语言告诉她，自己与"像水一样唱歌的人"来到赫阿斯马勒人的地盘，做了该做的事情。他们把未成年的南美宽吻鳄运到安全地带后返回村庄，却发现满目疮痍，尸横遍野。他们知道他们是最后的阿纳勒人了，他们无法再像从前那样保护鳄鱼了，他们的责任就是杀死赫阿斯马勒人的头领。他们在孤独中耐心等待，等着这些人来捕猎，运走无数的鳄鱼。于是他们藏在鳄鱼皮里，寻找赫阿斯马勒人头领的旅途是那么漫长，需要耐心，而且是一条不归路。

当卡古奇医生赶到时，小个子瞪圆了眼睛看着奥尔内拉·布鲁尼，伸出双手指向她，绝望地说着什么。突然，他的胸膛剧烈地起伏，然后就一动不动了。

卡古奇医生摇摇头，检查了一下，合上了死者的眼睛。

"您现在无法否认这个人认识您了。他和您说了一些事情，我希望您现在就告诉我。"阿尔帕亚在逼迫奥尔内拉·布鲁尼。

"别傻了！我一个字也没听懂，就算听懂了，也不会告诉你。"女人回敬道。

"警长先生,给我几分钟。奥尔内拉,您跟我到这边来。"孔特雷拉斯拉着她的胳膊。

两人谁也没说话,默默地走到医院的咖啡厅。孔特雷拉斯要了两杯咖啡,和奥尔内拉面对面坐下。他递了一张纸巾,让她擦拭泪水。

"您惹上大麻烦了,跳河也洗不清了。任何一个警察都会认为这个人和您说了些什么,到底是什么内容?"

"我什么也没听懂。我对他们有一些了解,但是我不懂他们的语言。只有少数传教士会他们的土语。再说我也从来没去过潘塔纳尔湿地。"

"见了鬼,我不知道我为什么要护着您,奥尔内拉。我不是警察,但我当过警察,所以我敢确定您惹上了大麻烦。好吧,您听不懂阿纳勒人的语言,我相信您。但是,刚才您说过不会再有人死了。奥尔内拉,您知道另一个猎手藏在哪里。"

"就算如此,那又怎样?谁也不能逼我告发别人。"

"是不能,但是您的自负救不了另一个印第安人的命。他现在一定病得很重,对不对?您到医院来不是找警长或奇耶里探员的。您真正感兴趣的是卡古奇医生如何医治这个阿纳勒人，然后依葫芦画瓢地去救治另一个人。恐怕眼下还会有人丧命。"

"他们杀了吉多，他是我的男朋友，我爱他。"奥尔内拉眼中噙满了泪水。

"不错，他们杀了吉多·维琴左，很可能还直接或间接地杀死了很多印第安人。不过他们已经遭到了报应，奥尔内拉。席勒、埃斯特维兹、卡洛·奇卡雷里都已经受到了惩罚，而你父亲付出了双倍代价，他生前备受恐惧折磨已经成了一个疯子。您现在要不要救那个阿纳勒人？"

"把他交给警方，让他在监狱里被折磨致死？"

"奥尔内拉，您不是正义女神，也不是潘塔纳尔湿地的守护女神。您只不过是个充满仇恨、被宠坏了的资产阶级富家女。您想为男朋友的死复仇，这一点我理解，但是您借刀杀人，知道为什么吗？因为资产阶级从来不自食其力，而是一向借别人之手火中取栗。另一个印第安人在哪儿？妈的，快告诉我！"

"如果他必须死，那也要是自由身。"

孔特雷拉斯抬起一巴掌差点扇在了奥尔内拉脸上，她痛哭流涕。一杯咖啡倾倒在了桌子上，冲不走的是破碎的尊严。

"您让我恶心，奥尔内拉。好吧，死就死吧，如果这样做能救赎您的资产阶级左派意识。您将面临至少三宗谋杀罪名：您父亲、奇卡雷里和最后一个印第安人。我会出庭作证的。"

"可恶的警察。您和那两个是一丘之貉。"

"或许吧，只不过我猜得更快些。阿尔帕亚和奇耶里也会得出相同结论的，奥尔内拉。您来医院就是一个错误，这个阿纳勒人会认出您，因为他不是第一次见您，应该是在巴塞罗那就见过您了。在得知埃斯特维兹像席勒一样死去，您就去了西班牙，在那里第一次见到了他们。他们藏在仓库里。永远也无法得知他们是如何越洋过海到达欧洲的，可能是藏在鳄鱼皮里随船运来的。席勒和埃斯特维兹都是很容易下手的对象，不过如果没有您的帮助他们是绝对到不了米兰的。难道您是把他们扮成动物，装在阿尔法·罗密欧的箱子里运到意大利的吗？不可能。我相信，是您帮助他们混进了埃斯特维兹的最后一批货物。就是这样，也应该如此。他俩的气味和鳄鱼皮一样，所以奇卡雷里的狗因为闻惯了附近仓库的味道，发现不了他们。您的刑量会很重，奥尔内拉。唯一能让您减刑的机会就是挽救另一个印第安人的命。您自己决定吧。"

看见奥尔内拉垂着头,阿尔帕亚警长明白离结案不远了。奇耶里探员也清楚这一点,他先下去开车。当孔特雷拉斯、奥尔内拉和阿尔帕亚出来时,奇耶里已经发动好车辆,车顶上放上了警灯,就等他们上车。

"您上次去警察局要求立案调查谋杀是什么意思?瞒天过海还是声东击西?"阿尔帕亚问奥尔内拉,但是她仿佛没有听见。

他们去的地方不远。沿着芒索尼大街向北,在奥尔内拉的指引下,奇耶里把车停在米兰中心公园紧闭的门前。胖侦探用力一推,生锈的铁锁就断了。

公园里从前的狮笼现在已被清空,在笼子里他们找到了要找的人。他蜷缩在角落里,鳄鱼皮下的身体已经冰冷。冬夜是寒冷的,米兰的死亡是寒冷的,任何地方都是这样。

"已经没有什么可做的了。"阿尔帕亚警长说,他回到车上通过无线电向太平间要了一辆车。

另外几个人也都离开了,那里只剩下最后一个阿纳勒人,悲伤的阿纳勒人,带着没有归途的浪子的悲伤;孤独的阿纳勒人,那是失败者的孤独,最终走上了一条永不该走的坎坷之路。

走出公园,皮埃特罗·奇耶里给奥尔内拉戴上手铐,遵循惯例按着她的头让她坐进警车。丹尼·孔特雷拉斯看着她的眼睛。那双绿眼睛也远远地凝视着他,让他为之颤抖。为了不让自己心软,他迈步走向宾馆,走向温暖的酒吧和威士忌,唯有这样才能驱赶他深深厌恶的寒冷。